KB175118

+

나는 정신병원에 놀러간다

편견을 깨고 문턱은 낮추는 원무과 직원의 단단한 목소리

나는 정신병원에 놀러간다

원광훈
지음

이담북스

원광훈

평범한 직장인이다. 다만 병원, 그 중에서도 정신병원이 직장일 뿐이다. 정신병원은 생각했던 것 이상으로 이상한 사람들이 많았다. 하지만 연차가 쌓여갈수록 환자들은 그저 뇌에 질환을 가진 혹은 마음에 큰 상처가 있는 사람들이라는 것을 깨닫게 되었다. 더 이상 위험하지도 무섭지도 않게 되었다.

환자가 보이기 시작하자 보호자들도 보이기 시작했다. 보호자들이 정신병원을 부정적으로 바라볼수록 환자를 치료하는데 큰 걸림돌이 되었기 때문이다. 더군다나 연달이 터진 조현병 환자들의 범죄는 정신병원에 대한 편견과 불신을 더욱 깊게 만들었다. 이제는 문의 전화에서조차도 정신과가 어떤 곳인지 처음부터 끝까지 설명해야 할 정도이다. 그들의 의심은 끝이 없다.

하루는 전화만 받다가 업무가 끝난 적이 있다. 참담한 마음에 '이건 아니다. 어떻게 정신과에 대해 이렇게 모를 수가 있을까? 어디 안내 책자는 없나?'라고 되뇌다 문득 직접 안내서를 만들어보자는 생각이 들었다. 이후 현장에서 얻은 경험에 도움이 되는 책들을 엄선해서 고르고 읽으며 이 책을 준비했다. 막연한 두려움 대신 서로에 대한 도움으로 정신병원을 방문하게 안내하는 책이 되길 바란다.

 e-mail: psyinfo@nate.com

정신병원의
맨얼굴과 마주하다

우리는 "미치겠다." 혹은 "미친 거 아니야?"라는 말을 일상적으로 내뱉고 듣는다. 그것의 진실성 여부는 신경 쓰지 않는다. 그저 무언가 좀 힘든 일을 당했거나 크게 스트레스를 받았거니 하고 넘긴다. 이 힘든 일과 스트레스가 매일 주기적으로 반복된다면? 결국 그 사람은 어떻게 될까? 사람은 쉽게 미치지 않지만 이런 일이 본인에게 일어난다고 생각해 보라.

아마 장난스럽게 내뱉었던 "미치겠네!"라는 말이 진짜 미치겠다가 되고 특정 한계점에 이르면 통제가 어려울 정도로 견디기 힘들어질 것이다. 하지만 대부분은 한계점에 도달하기 전에 진정되며 이런 과정을 거치며 우리는 일상생활과 사회생활을 해 나간다. 종종 한계점을 넘어서 극단적으로 감정이 표출되거나 저게 제정신인가? 하는 순간들도 있겠지만 일회성에 그칠뿐더러 시간에 의해 점점 묻힌다.

정신병원에서 첫 당직근무를 섰던 날 한 환자가 왔다. 40대 후반의 기혼여성이었고 정신병 환자를 전문적으로 이송하는 직원 2명과 같이 들어왔다. 이때까지는 별 다른 일이 없었다. 너무나 평범해서 일반종합병원에서 환자가 오면 맞이하듯이 무난하게 접수를 도왔고 환자는 진료를 보러 진료실로 들어갔다.

그러나 진료 과정에서 정신과 전문의가 가정사와 결혼생활의 문제점에 대해 파고들자 환자는 갑자기 난동을 부리기 시작했다. 갑작스레 의사의 책상을 발로 찼고 진료 내역을 기록 중이던 모니터는 그 충격으로 바닥에 떨어졌다. 깜짝 놀란 나와 이송직원은 급히 환자를 끌고 나왔다. 진료 대기실에 있는 와중에도 몸부림은 계속됐고 나중에서는 마치 귀신들린 사람처럼 온 몸을 부들부들 떨며 움직이기 시작했다. 군인의 혼이 들어갔는지 군대 용어를 사용하며 경례하는 움직임을 계속 취했다.

당직 첫 날부터 실제로 보게 된 비일상적인 광경에 정말 놀랐었다. 이 게 말로만 듣던 정말 '미친' 거구나, 하며 정신병원의 맨얼굴을 생생하게 마주했다. 결국 그 환자는 보호자인 남편과 친모가 와서 입원에 동의 후 병원 직원과 병동으로 올라갔다.

마치 한 편의 연극 같았다. 정신병원에 환자가 온다. 환자는 미친 모습 을 보여주고 의사의 오더가 내려진 후 보호자의 동의와 입원까지 물 흐르 듯 진행된다. 누구도 연출 및 감독하지는 않았지만 마치 한 편의 잘 짜인 극화처럼 내 첫 당직 날의 환자는 극적으로 입원이 되어 올라갔다. 이 모 든 모습이 CCTV에 선명하게 찍혔지만 대부분의 사람들은 모르고 살아 간다는 점이 괴이하게 다가왔다.

• 퇴원한 환자가 다시 내원 했을 때, 이 기억이 강렬하게 남은 나는 물어봤다. 그때 귀신들린 것처럼 행동 하신 거 기억나시냐고. 그런데 그분 대답이 의외여서 깜짝 놀랐던 기억이 있다. 그 답은 뒤에 실었다.

이 일련의 과정을 보면 정신병원에 입원하기 쉬워 보인다. 그럼 왜 22명이나 사상을 낸 사건의 범죄자는 입원을 못 했는가? 그 이유를 정신병원 안내서인 이 책을 통해 알아보고자 한다.

01

———

감사합니다.
정신병원 원무과입니다.

정신과 의원과 정신병원은 다릅니다

정신과 의원과 정신병원은 다르다. 가장 큰 차이점은 병상 수이다. 의원은 30병상 미만의 시설을 갖추고 있고, 병원은 30병상 이상 100병상 미만의 시설을 갖추고 있다. 상대적으로 병상 수가 적은 정신과 의원은 그만큼 입원치료보다는 외래진료를 목적으로 운영한다. 이는 정신과 외 병원에도 동일하게 적용된다. 다만 정신과 의원은 다른 과를 보는 의원과 다르게 정해진 업무 시간에 외래 진료만 보는 경우가 많다. 입원치료가 목적이 아니라 경증인 환자 위주로 진료하는 것이다. 그러다 경증인 환자의 상태가 악화되거나 중증인 환자가 진료를 받으러 오면 더 큰 병원 급으로 가라고 '진료 의뢰서'를 발급해 주는 것이 일반적이다.

정신병원도 다른 종합병원과 다른 점이 있다. 진료 과가 7개 이상이여야 하는 종합병원과 달리 정신병원은 정신건강의학과만 있는 곳이 대부분이며, 간혹 내과가 같이 있기도 하지만 그 수가 많지 않다. 즉, 대부분의 정신병원에서는 다른 과목의 진료가 어렵다고 보면 된다. 만약 입원한 환자의 신체 건강 상태에 문제가 생기면 보호자에게 연락하여 환자를 데리고 외출 및 외박을 하여 진료를 보고 오게 하며, 보호자가 없거나 올 수 없는 상황이면 병원 직원이 환자를 데리고 진료를 보러 가기도 한다. 이를 '외진'이라고 하는데, 상태가 괜찮으면 다시 정신병원으로 돌아오지만, 상태가 심하면 그 병원에 입원하게 하여 보호자에게 인계한다.

그러므로 정신과 외에도 다양한 진료 과가 함께 있는 병원을 원한다면 대학병원으로 가야 한다. 혹은 정신적 문제가 심하지 않다는 전제 하에 비교적 타과 진료를 받기 수월한 의원 진료를 권하는 바이다. 그러나 정신과 의원보다 정신병원이 더 가까이 있다면, 정신병원에서도 외래 진료가 가능하므로 접근성이 좋은 곳을 선택하면 되겠다.

하나 더, 정신과 진료 혹은 치료를 원한다면 정신과적 특성상 전문의와의 관계가 특히 더 중요하다는 점을 기억해주면 좋겠다. 진료를 너무 사무적으로 보거나 처방하는 약을 잘 설명해 주지 않는 곳이라면, 다른 의원 및 병원을 알아보기를 추천한다. 병원 급 정신과에서 근무할 때 알게 된 사실은, 의사가 외래 진료도 하고 입원 환자도 봐야하기 때문에 시간적 여유가 부족하다는 점이다. 상대적으로 외래 환자를 대하거나 입원 환자를 돌보는 어느 한쪽 진료에서 의도치 않게 소홀해질 수가 있다. 게다가 방문하는 환자가 많아 진료를 받기 위한 대기시간도 길다.

이러한 이유로 의원에서 진료를 받을 수 있다면 굳이 병원 급에서 치료를 받을 필요는 없다. 환자가 의사를 마음에 들어 해서 한 병원을 계속 찾는 건 어쩔 수 없다. 그러나 의사와 맞지 않는 부분이 있다면, 다닌 기간이 길다고 해도 타 진료기관을 찾아보는 편이 현명할 수 있다.

원무과는 어떤 일을 하냐고요?

　'병원' 하면 처음 떠오르는 이미지는 의사와 간호사다. 응급실을 방문했다면 간호사나 구조사와 같은 의료 인력이 환자를 맞이하기도 한다. 그러나 일반적인 경우 병원에 방문해서 처음 마주하는 사람은 절대 그들이 아니다.

　병원에서 처음 마주하는 사람은 다름 아닌 접수처 직원이다. 바로 이 접수처 직원이 원무과에 소속되어 있다. 그렇다면 원무과院務課는 무슨 일을 하는 곳일까? 한자어라서 더욱이 무슨 일을 하는 곳인지 알아차리기 쉽지 않다.　원무과를 영어로 표기하면 'Administration' 혹은 'Hospital Office'이다. 즉 관리 및 행정 업무를 하는 곳으로, 쉽게 표현하자면 병원에 속한 행정직을 뜻한다. 그래서 원무과와 관련된 대학 학과도 보건행정학과이다. 병원 내에서 일어나는 행정 업무를 총괄하므로 원무과에서 하는 일을 알고 있으면 병원을 좀더 현명하게 이용할 수 있겠다.

한국은 의료보험이 잘 되어 있는 나라이다. 그래서 의료보험이 적용되는 환자인지 확인하기 위해 진료 전 반드시 환자의 성명과 주민번호가 필요하며 환자의 정보를 모르면 대부분의 병원에서는 진료를 꺼린다. 우선 원무과의 첫 번째 업무인 '접수' 자체가 되지 않는다. '무명 남/녀'나 '홍길동' 등 임의 값을 넣어 접수를 받을 수도 있지만 병원 접수 프로그램 상 나중에 제대로 된 환자 정보를 알게 되었을 때 전환이 어려운 프로그램도 있다. 혹은 알고 보니 의료보험이 없는 사람이라 병원비가 많이 나오는 일 또한 난감하다.

급한 일로 병원을 찾은 환자나 보호자는 접수부터 해달라는 병원의 요청에 화를 내는 일이 많다. 환자를 보는 게 우선 아니냐고 따진다. 그럼에도 불구하고 환자나 보호자를 안정시키고 접수하도록 안내하는 것이 원무과의 접수일이다. 접수 후에는 의사에게 환자를 노티notify(보고)한다. 대부분 병원에서는 간호사가 나와서 환자 상태를 파악하고, 이런저런 환자가 왔다고 의사에게 노티하지만, 정신병원에서는 간호사가 병동 안에 있기 때문에 원무과에서 직접 의사에게 노티를 전달한다. 그제야 환자는 의사를 마주하고 진료를 받는다.

진료를 본 환자는 처치나 약 처방을 받는다. 이를 바르게 처리하는 것이 원무과의 두 번째 업무인 '수납'이다. 수납을 해야 처방전을 받을 수 있기 때문에 환자가 진료만 보고 그냥 가는 일은 좀처럼 없다. 여기까지를 '외래 업무'라고 한다.

만약 진료 후 입원이 필요하다고 판단되면 의사의 오더order가 나온다. 원무과에서는 환자에게 입원 관련 서류를 주고 간단하게 입원 안내를 한다. 원무과의 세 번째 업무 입·퇴원 관리이다. 특히나 정신병원은 입원에 필요한 서류가 많다. 그러므로 입원을 희망하는 환자나 보호자는 입원 전에 상세한 면담을 거치고 필요 서류를 미리 준비해야 한다. 필요 서류가 갖춰지지 않으면 입원할 수 없다.

여기까지가 눈에 보이는 원무과의 대표 업무이다. 그밖에 외부인의 눈에 띄지 않는 세부 업무와 업무 난이도는 병원 급수에 따라 차이가 있다. 예를 들어 대부분의 정신병원 원무과는 전화에 대한 스트레스가 상당하다. 다른 종합병원은 안내 멘트와 함께 어떤 용건으로 전화했는지를 확인해 부서에 맞는 전화를 받을 수 있다. 하지만 정신병원은 전화가 오면 맨 처음 받는 부서가 원무과이다. 입원한 환자들에게 퇴원요구 전화를 많이 받고 이런저런 일로 시달림을 받기 때문에 전화를 잘 받지 않는 정신병원도 많다. 그러므로 정신병원에는 꾸준히 전화하는 게 필요하다. 아니면 직접 내원하여 상담을 받는 것도 방법이다. 몇몇 곳은 온라인으로 상담을 받기도 하지만 소수이다. 이 같은 점을 볼 때 정신병원은 여전히 폐쇄적인 분위기를 많이 보인다.

아직도 대중에게 정신병원에 대한 정보는 충분히 열려 있지 않다. 정신병원에서도 정보공개를 원하지 않는 편이다. 그러나 2020년대 들어서면서 차차 정신병에 의한 사건 사고가 많아졌다. 이에 정부는 관련 법률 제정 및 보완을 하고 정신건강 관련하여 정보가 부족하다는 요구에도 반응하고 있으니 현재로써는 국가에서 제공하는 정보를 얻는 게 좋다.

국가정신건강정보포털(2021년 6월 기준)

2021년 2월에는 '국가정신건강정보포털www.mentalhealth.go.kr'이 새로 만들어졌다. 이곳을 통해 자가검진, 정신건강정보, 인식개선정보, 정신건강관련기관, 정신건강통계 등의 최신정보를 얻을 수 있다. 정보에 목마른 환자 및 보호자에게 아주 좋은 소식이다.

국가정신건강정보포털 덕분에 정신병원을 찾는 일도 전에 비해 간편해졌다. 맨 상위 타이틀에서 '정신건강관련기관'을 클릭한다. 기관 소개와 위치기반 기관 검색이 나오면 '위치기반 기관 검색'을 클릭한다. 그럼 지역과 원하는 기관을 선택한 후 검색을 통해 내가 원하는 지역에 있는 기관의 이름과 연락처, 주소를 볼 수 있다. 그럼에도 원하는 곳을 찾지 못했다면 다음 이야기인 '병원은 이렇게 선택하세요'에 소개된 방법을 활용하자.

병원은 이렇게 선택하세요

내 주위에 정신과 진료를 받아야 하는 환자가 있다면, 혹은 내가 진료를 받고 싶다면 어떻게 해야 할까? 쉬운 방법부터 해 보자. 인터넷 창을 열고 각종 포털 사이트에서 지도를 친다. 그럼 지도만 볼 수 있게 창이 뜬다. 거기서 장소를 검색하면 된다. 증상이 경미하거나 스스로 진료를 받고 싶은 경우라면 굳이 정신병원까지 갈 필요는 없다. '정신과'를 검색해보자. 이때 본인이 사는 지역이나 회사 근처로 화면을 띄운 상태에서 하면 된다. 현 지도 내 장소 검색이 가능한 경우 체크해두면 화면에 뜨는 위치가 바뀔 때 마다 정신과만 찾아서 보여준다. 정신과 의원은 개인사업장이기 때문에 홈페이지를 개설해서 소개해 놓은 곳이 많다. 홈페이지를 둘러볼 수도 있고, 블로그에 후기가 있다면 보고 나서 갈지 말지 판단하면 되겠다.

이제 '정신병원'을 검색해 보자. 확연히 줄어든 업체 수에 당황할 수도 있다. 글을 쓰면서도 당황했다. 정신병원에서 일을 하다 보니 어디에 정신병원이 있는지 알고 있는데, 그 지역에서 검색해도 병원이 나오질 않았기 때문이다. 확인 차 다른 포털에서 제공하는 지도로 검색하니 알고 있던 병원을 찾을 수 있었다. 그러니 정신병원을 검색할 때는 꼭 2개 이상의 지도 사이트에서 검색해야 한다. 그럼에도 불구하고 원하는 지역에 정신과 의원이나 정신병원을 찾지 못할 수도 있다. 한국은 지역별로 정신병원이 아예 없는 지역도 있다는 점을 밝힌다.

지도 검색으로 찾을 수 있는 병원은 대부분 병원 사이트가 같이 기재되어 있다. 사이트를 둘러보고 전화를 해서 이런저런 상황인데 입원이 가능한지를 물어봐야 한다. 막무가내로 찾아가 입원하겠다고 하면 아주 높은 확률로 거부당하기 일쑤이니 반드시 전화를 하고 가야 한다. 병실이 없어서 입원이 불가능한 경우도 꽤 있다. 이 경우 병상 여유가 있는 곳에 입원해서 다른 병원 자리를 예약한 후 기다리는 것도 한 방법이다.

전화가 필요한 또 다른 이유도 있다. 통화를 하다보면 친절함이 느껴지고 신뢰가 쌓이는 병원이 있다. 실제로도 근무시간에 직접 환자나 보호자들과 통화를 하다보면 다른 곳은 너무 불친절하고 대충 대답만하고 정보도 안 주는 병원이 많았다며 하소연하는 경우가 너무 많았다. 그 병원과 통화한 적도 없고 가보지도 않았지만 막상 가면 어떤 느낌을 주는 곳일지 짐작이 된다.

여기서 잠깐, 병원을 알아보며 통화를 하다보면 의문이 들 수 있다. 바로 '정신병원 전화는 왜 불친절한가?'이다. 첫 번째이자 가장 큰 이유는 환자에게 시달리기 때문이다. 병동 내에도 전화가 있기 때문에 입원 환자가 전화를 걸어와 내보내 달라는 경우가 제일 많고 환자 특성상 말도 안 되는 헛소리를 하는 경우가 많기 때문에 대충 얼버무리고 끊는 경우가 많아서 환자가 아닌 일반 전화가 와도 습관적으로 그렇게 대응했을 가능성이 높다.

두 번째, 정신과 원무과 직원들도 사실은 잘 모른다. 환자의 상태나 진행 과정은 병동에서 진행하기 때문에 병동에 갈 일이 별로 없는 원무과에서는 대답할 말이 별로 없다. 또한 관련 업무 법규도 일 년에 한 번씩 크게 바뀌어서 그전에 알던 게 소용없게 되어버린다. 그래서 기존 법과와 바뀌는 법을 상세히 파악하는 일이 여간 까다로울 뿐 아니라 그걸 일일이 다 설명할 수도 없어서 그냥 안 된다고만 하고 전화를 끊어 버리는 경우가 종종 있다.

세 번째, 협박 전화에 대한 트라우마 때문이다. 환자의 의사에 반한 입원도 많기 때문에 일차적으로는 입원을 시킨 가족을 원망하지만 이차적으로는 병원에 대한 원망이 전화로 쏟아진다. 환자 중에는 알코올 중독자들도 있다. 그들은 술만 취하면 전화해서 욕부터 쏟아내는 경우가 다반사이다. 또한 정신병 환자들에 의한 칼부림 기사가 많이 뜬 후에는 칼 들고 가서 죽여 버린다는 협박을 안 들어본 직원이 없을 정도로 많기 때문에 친절하기가 힘들다. 이러한 이유에도 불구하고 친절하게 응대한 직원이 있는 병원이라면 병원에 대한 자부심과 환자에 대한 애정이 있는 곳일 가능성이 높다. 그러므로 되도록이면 전화 상담이 친절했던 병원을 선택하자.

인터넷 사용이 불편하다면 114로 전화해서 정신병원에 연결해 달라고 하는 방법도 있다. 좀 더 알아볼 겸 준비를 하고 싶다면 지역 보건소에 전화해보자. 정신건강팀에 연결해 달라고 하면 바로 연결해 줄 것이다. 연결이 되면 각 지역에 하나씩 있는 정신건강증진 센터로도 연결될 수 있고 센터에서 더 많은 정보를 얻을 수 있을 것이다.*

---

* 부록(244쪽부터)으로 전국 정신병원 목록을 실었다.

정신건강복지법(약칭)이 기준입니다.

정신병원에는 이런저런 규칙이 있다. 그러나 정작 규칙에 맞춰서 환자나 보호자들을 응대하다 보면 누가 이런 걸 정해서 귀찮게 하느냐, 우리만 봐주면 안 되냐, 이번 한 번만 넘어가면 안 되냐는 요구를 많이 받는다. 그때마다 환자나 보호자에게 이건 우리 병원만의 규칙이 아니라 국가에서 정한 법률이라고 말씀드린다. 그 법이 뭐냐고 따지는 사람도 많아서 이 책에서 밝힌다. 그건 바로 이름도 긴 '정신건강증진 및 정신질환자 복지서비스 지원에 관한 법률'이다. 줄여서 '정신건강복지법'이라고도 부른다.

이 법이 어떤 것인지 궁금하다면 인터넷 포털 사이트에서 검색해도 되고, 국가법령정보센터https://www.law.go.kr로 직접 들어가서 찾아보아도 된다. 워낙 정신병원 업무의 중심이 되는 법령이다 보니 까다롭거나 무언가 따질 준비가 만만히 되어 있는 사람을 응대할 때면 이 페이지를 모니터에 띄워놓고 응대하기도 한다.

국가 법률이기 때문에 따라야 하는 게 당연하다. 하지만 대한민국 국민 대부분이 모든 법을 완벽하게 지키고 살지는 않는다. 지각할 것 같으면 무단횡단도 하고 운전 중에 사람이 없는 신호등에서는 그냥 지나가기도 한다. 물론 해서는 안 될 행위이다. 그렇지만 이런 범법 행위를 살아가며 단 한 번도 안 한 사람이 있을까? 게다가 했다고 해도 누군가 신고해서 잡아가는 경우도 거의 없다.

정신병원도 예전에는 그랬다. 서류는 좀 며칠 후에 받고, 의사의 진료도 없이 입원이 되고, 입원 서류에는 보호자들 서명이 없고…. 그러다 일이 발생한다. 문제가 생긴다. 뉴스가 나오고 국민적인 이슈로 떠오르면서 경찰과 보건소에서 점검이 나오고 쌓인 문제점들이 한꺼번에 터져 나왔다. 그 당시 나온 대표 격 기사가 '정신병원 '서류미비' 무더기 기소, 법정에서 따진다.*'이다. 이 기사에 따르면 정신병원 16곳을 압수수색했고 위법사항이 있는 병원에서만 의사 53명을 기소했다. 정신병원은 병원 급을 유지하기 위해서 3명의 정신과 의사가 필요하다. 간혹 다른 과가 있는 경우 의사가 한명 더 있을 수 있는데, 당시 필자가 근무했던 병원도 의사는 3명이었다. 즉, 16곳에서 53명을 기소한 것은 한 지역구에 있는 정신병원 의사들이 거의 다 기소된 것이라고 볼 수 있다.

이렇게 한바탕 폭풍이 지나간 뒤 정신병원에서는 서류가 미비한 환자는 받을 수가 없게 되었다. 정신병이 있는 환자가 바로 입원하기가 어렵

---

* 의협신문, "정신병원 '서류미비' 무더기 기소, 법정에서 따진다(2017.02.08. 박소영 기자)".

게 된 것이다. 보호자는 보호자대로 답답하고 병원은 병원대로 환자를 받을 수가 없어서 답답하다. 그래서 전화 문의는 반드시 필요하며 준비하라고 한 서류는 입원 당일 꼭 가지고 와야 한다.

그러나 환자가 난리를 치는 가운데 환자를 케어하며 서류준비까지 동시에 완벽하게 준비할 수 있을까? 그래서 싸움이 일어난다. 보호자들은 환자가 갑자기 저렇게 날뛰는데 서류를 준비해서 올 시간이 있겠느냐며 버티고 병원은 서류가 미비하면 법률 위반으로 기소당하는 것은 물론 법원에서 위법이라고 판결이 나면 구속까지 될 수 있으니 절대 입원시킬 수 없다며 버틴다.

결국은 법을 앞세운 병원이 이긴다. 예전에는 환자 먼저 올려 보내고 서류를 늦게 받은 적도 있지만, 이제는 보건소에서 점검 나올 때 환자 입원 시간과 서류 발급 시간도 체크해서 본다. 절대 환자가 먼저 병동으로 올라갈 수 없는 시대이다.

생각만큼 정신병원 입원은 쉽지가 않다. 그러니 정신병을 앓는 사람이 가족이라면 항상 서류를 준비해 두어야 한다. 또한 정신병원과 입원에 대해서 커넥션을 계속 가지고 있는 게 좋다. 왜냐하면, 정신병원들은 정신건강복지법_{약칭}에 반드시 따르기 때문이다.

정신과의 3대 질환에 해당하나요?

정신과는 크게 3가지 질환으로 나뉜다. 조현병, 양극성정동장애, 우울증이다. 정신병원에서는 스키조Schizo, 바이폴라Bipolar, 디프레스Depressive라고 간략하게 칭해 부른다. 실제로 병동에서도 3가지 질환으로 환자들을 분류해서 관리한다. 한편, 정신과 질병은 한국표준질병사인 분류에서 F코드로 시작된다. 조현병, 양극성정동장애, 우울증은 다 F코드 20~30번 대의 질병으로 입원까지 필요한 정신과의 대표적 질병이라 할 수 있다.

조현병은 정신병하면 가장 먼저 생각되는 질환이다. 환각, 환청, 망상이 동반되어 다른 사람들은 보이지 않고 들리지 않는 것들에게 고통 받는다. 양극성정동장애는 기분 전환이 심하다. 흥분을 넘어 광적인 상태가 되면 통제가 불가능하다. 우울증은 우울 사고가 내면에 깊숙이 박혀 있어 빈번하게 자살을 생각하고 시도하려고 한다. 3가지 질병 모두 정신과에서 가장 많이 보이는 질환이며 질병의 특성상 환자 자신이나 주변에 큰 피해를 입힐 가능성이 높아 입원 치료를 권할 정도로 심각한 정신과 질환이다. 따라서 정신병원에서도 이 세 가지 질환을 주로 진단하고 치료하며 환자 수가 많은 만큼 간략하게 칭하고 있다.

* 통계분류포털-한국표준질병사인분류/KCD(http://kssc.kostat.go.kr/ksscNew_web/index.jsp#) 참조.

조현병 Schizophrenia

생각, 감정, 지각, 행동 등 인격의 여러 측면에 걸쳐 광범위한 이상 증상을 보인다. 이 이상 증상은 정상인의 범주를 넘어서며 특히 뇌의 이상으로 시작된다는 점이 조현병의 특징이다. 쉽게 설명하자면 뭔가 이상한 사람이다. 우리는 살면서 때때로 이상한 사람을 마주한다. 특이하다고 넘어가기도 하고 철없는 학창 시절에는 4차원이라면서 따돌리는 불상사가 생기기도 한다. 그러나 조현병은 그 이상의 증상을 동반한다.

조현병 환자는 정말 이상한 행동을 한다. 때문에 조현병으로 의심되는 환자의 보호자를 상담할 때면 먼저 "혹시 혼자서 대화를 하지 않나요?"라고 묻는다. 보호자 대부분은 환자가 허공에 대고 자문자답하거나 삿대질하기도 하며 혼자 실실 웃기도 한다고 대답한다.

또한 조현병 환자는 의심이 강박적으로 심해진다. 가령 밥을 먹으라고 하면 밥에 독약을 넣었다고 하고 물컵에는 벌레들이 득실득실 하다고 한다. 물론 밥과 물컵에는 아무런 이상이 없다. 이처럼 조현병은 망상과 환각, 환청을 동반한다.

다만 이상은 양성증상이고 이와 반대되는 행동을 보이는 음성 증상도 있다. 몸에서 악취가 날 정도로 잘 씻지 않으며, 옷을 계절에 맞게 입지 못하는 것, 감정이 없는 표정으로 말을 거의 하지 않으며 질문에도 대답을 하지 않는 것, 무언가 하고자 하는 의지가 부족하여 자기관리가 이루어 지지 않아 위생상태가 좋아 보이지 않는 것 등 이런 모습이나 행동을 보인다면 조현병 음성 증상으로 생각해볼 수 있다. 필자는 정신병원에서 일한지 1년이 넘어서부터 길거리를 나가도 조현병으로 의심되는 환자들이 보인다.

입원을 하러 온 조현병 증상 환자는 한 여름에 패딩과 골덴 바지를 입고 오기도 했다. 감정표현이 거의 없으며 울지도 웃지도 않는다. 질문에 대답도 않고 고갯짓으로 표현하는데 그것도 알아보기 힘들 정도의 끄덕임과 도리질이다. 이런 양성 및 음성 증상이 보인다면 반드시 정신과 의사의 진료가 필요한 상태이다.

다행히 초기에 발견하여 치료를 시작하면 항정신병 약으로 대부분 호전 가능하고, 약을 잘 복용한다면 일상생활 및 사회생활도 가능하다. 뉴스에 나오는 대부분의 조현병 환자는 발병 후 수년의 시간이 경과하여 정상적인 사고 기능이 마비된 상태이다.[*]

양극성정동장애 Bipolar affective disorder

양극성이라는 단어에서 알 수 있듯이 두 가지 극단적인 성격을 띤다. 하나는 조증躁症이고 하나는 우울증憂鬱病이다. 먼저 조증은 지나치게 자신감이 올라간 상태이다. 말이 많아지고 피곤함을 느끼지 못하며 밤에 잠도 잘 자지 않는다. 직접 본 환자 중에는 거의 일주일간 잠을 자지 않았다는 사람도 있었다. 과한 자신감으로 인하여 자신을 전지전능한 신으로 착각하는 경우도 있다. 가만히 있지를 못하고 과하게 나대기 때문에 가족 및 타인과 마찰이 많다. 공격성이 강하게 드러나는 경우에는 폭력 사고에도 휘말릴 위험이 높다. 따라서 언론에 많이 보도되어 알려진 조현병 환자보

---

[*] 악화된 질병으로 입원하는 케이스는 2장의 '상태가 악화된다면 재입원을 고려해주세요(83쪽)'에 추가로 설명했다.

다 조증 상태의 환자가 더 무섭고 위험할 수 있다.

우울증은 많이 알려진 대로 우울한 상태이다. 죄책감과 자괴감이 심하기 때문에 짜증이나 화를 많이 내며 화가 풀리지 않으면 자해로 이어지기도 한다. 그래서 일반적인 우울함보다 더 심한 상태라고 생각해야 한다. 다만, 양극성이라고 꼭 양쪽 증상이 모두 나타나지는 않는다. 조증만 있는 환자도 있고 우울증만 가지고 있는 환자도 있다.

이상의 증세를 봤을 때 떠오르는 직군이 있지 않은가? 바로 연예인이다. 연예인은 대중에게 자신을 내보이는 직업이다. 일반인처럼 가만히 있다면 주목을 받지 못하고 방송에서도 편집을 당하기 때문에 본인이 가지고 있는 에너지를 한껏 끌어 올려서 주목을 받아야 한다. 말도 많이 해야 하는데 차분하게 말을 하면 재미가 없기 때문에 열을 올려서 장황하게 이야기한다. 조증 상태가 되는 것이다. 그러나 촬영이 끝나고 집에 오면 스포트라이트는 없고 횅한 방구석만 남을 뿐이다. 에너지는 촬영하면서 소진되었고 자신을 바라보던 모든 조명이며 카메라, 사람들의 시선이 사라졌다. 마치 자기 자신의 가치도 사라진 것 같은 기분이 든다. 가만히 생각해 보니 혹시 그 많은 말 중에서 실수는 없었는지 걱정이 된다. 걱정이 많아지면서 어둠속으로 침잠한다. 우울 상태다.

그래서 요즘 육체적, 정신적으로 힘듦이 있었다고 고백하는 연예인의 사례가 많다. 자살사건도 많다. 연예인이 자살하면 정신병원이 바빠진다. 모 연예인이 자살했을 때 따라서 조증 및 우울 상태를 경험했다가 자살시도로 내원한 여고생을 기억해본다. 이때 연예인이 가진 영향력 및 사회적 파장을 실감했다.

치료는 약물치료와 상담치료를 병행한다. 상담치료 시 삼자대면을 하는 경우가 많으며 의사는 중재자 입장에 있다. 그러나 환자와 보호자 사이에 언성이 커지는 경우가 많으며 이는 의사에 대한 욕설과 폭행으로 이어질 수 있기 때문에 원무과에서는 항상 긴장하고 경계한다. 앞에서도 이야기 했지만 양극성 환자는 조현병 환자보다 컨트롤이 힘들다. 환자들이 감정적이기 때문에 돌발행동의 변수가 항상 있으리란 점을 염두해야 한다.

우울증 Depressive disorder

평상시 기본 무드가 다운된 상태이자, 의욕이 없고 우울하다. 이로 인해 다양한 인지 및 신체적 증상을 동반하며 일상 기능이 저하된 상태를 보인다면 우울증이다. 양극성 정동장애의 우울 상태와 헷갈리기도 한다. 양극성 상태에서 우울증은 평상시에는 괜찮다가 갑자기 우울 상태로 빠진다. 그러나 우울증은 평상시에도 우울함이 기본값으로 활기찬 모습을 보인 적이 없는 상태이다.

의욕 저하로 인하여 대인관계가 좋지 못하며 사회적인 단절을 경험한다. 우울증 환자는 혼자 있는 상태가 가장 위험하다. 자살이라는 문제가 늘 대두된다. 필자 경험으로 본 우울증 환자는 꼭 단짝 친구가 있거나 의지할 사람이 한 명은 있어서 그 사람 덕분에 극복하여 일상을 지내는 경우를 많이 봤다.

방송가에서 정신적인 문제에 대한 커밍아웃 붐이 일어나면서 조증과 공황장애, 우울증이 많이 거론됐다. 특히 우울증은 '마음의 감기'라는 타이틀을 달아 누구나 한번쯤은 걸릴 수 있는 정신과 질환으로 초점이 맞쳐지는 추세이다. 개인적으로는 정신과 문턱을 낮추려는 정신과 전문의의 홍보 전략이 아닌가 하는 생각이 들지만 부정적으로 생각하지는 않는다. 연예인들이 방송에서 우울증을 가볍게 언급할 때마다 정신과에 견고히 축적되었던 바리게이트가 하나씩 낮추어지는 느낌마저 든다. 공공연한 언급이 반복되면 대중의 인식도 점점 나아질 수 있다. 누구나 우울할 수 있고 마음이 아플 수 있다. 그만큼 쉽게 접하고 들을 수 있고 정신과를 방문하는 이유가 되는 질환이 우울증이다. 정신과 방문에 대한 문턱이 낮아지면 뒤늦게 치료를 받는 불상사도 줄어들 것이다.

　다만 쉽게 접한다고 해서 위험성이 낮다고 보면 안 된다. 고위험군에 속한 우울증 환자는 본인의 의지만으로는 우울 상태에서 벗어나기 힘들다. 섣부른 위로와 격려도 되려 우울증을 악화시킬 수 있으니 의사의 진료와 약물치료 그리고 보호자와의 깊은 라포_{공감대} 형성이 중요하다.

　정신병원 원무과 입장에서는 우울증은 외래진료용 환자이고 입원대상자는 아니라는 생각이 다분하다. 우울증으로 잠시 쉬다 가겠다며 개방 병동에 짧게 입원하는 환자도 있다. 방송과 대중 분위기에 휩쓸려서 본인의 가벼운 우울증상에도 '약을 먹어야 할 정도인가?'라고 짐작하여 호기심에 진료를 보러 왔다는 사람도 있었다. 이런 사람들은 호기심에 진료를 보지만 정작 처방된 약은 타 가지 않는 경우도 많았다. 소위 의료 쇼핑을 한 셈이다. 때문에 자살까지 몇 주내내 고민하거나 불면증이 심해 잠을 못 잘 정도가 아니면 진료까지 봐야하나 의문이 되는 질환이기도 하다. 보고 듣는 매체가 그 어느 때보다 많은 시대이다. 본인의 감정을 뒤돌아 볼 여유를 가지고 책을 읽는 등 자신의 내면을 사색하는 지혜가 필요하겠다.

중독도 질병입니다

정신과에는 3대 질환만 있는 게 아니다. 크게 보면 3대 질환인 정신증이 있고 이 외에 중독증이 있다. 중독증 중에서도 입원할 정도로 심한 중독 증상을 나타내는 질환이 세 가지 있다. 알코올, 마약, 도박 중독이다.

알코올 중독

알코올 중독은 과도한 음주로 정신적, 신체적, 사회적 기능에 장애가 오는 것을 의미한다. 진단 기준은 술에 대한 자제력이 얼마나 있는가, 술로 인한 신체적인 문제는 없는가, 술로 인해 사회적, 가족적, 직업적인 활동에 문제가 없는 가로 판단한다.

우리는 술을 마신다고 하면 의례적으로 몇 병을 마시는지 물어본다. 대체적으로 2병 이상이면 술을 잘 마신다고 한다. 그렇다면 도대체 몇 병을 마셔야 중독으로 볼 수 있을까? 답은 없다. 10병을 마셔도 멀쩡한 사람이 중독자일 수 있고, 1병을 마셔도 취하는 술이 약한 사람이라고 해서 중독자가 아니라고 할 수 없다. 음주량보다는 술에 대한 자제력을 가지고 있는지가 중요하다. 술의 양도 도수도 중요하지 않다. 술을 마실 때 마다 본인이 정한 기준을 넘고 자제하기 힘들다면 알코올 중독에 이미 들어선 것이다.

술의 양을 정해놓고 마시는 것은 굉장히 어렵다. 특히 한국사회에서 더욱 어렵다. 술자리 문화가 전보다는 많이 좋아졌다고 하지만 권하는 술을 마시지 않으면 분위기와 관계가 서먹해진다. 어쩔 수 없이 주량보다 조금 더 마시게 된다. 그럼 한국에서 사회생활 하는 모든 사람이 알코올 중독인가? 이때는 술로 인해서 사회적, 직업적으로 문제가 없는지 살펴봐야 한다. 문제가 없다면 입원 치료까지 할 필요는 없다.

그럼 어느 정도여야 입원 치료가 필요할까? 필자의 경험 상 두 가지로 나뉜다. 가족이 있는 경우와 혼자 사는 경우이다. 가족이 있는 경우 가족들이 술을 마시는 사람 때문에 굉장히 힘들어 한다. 어쩌다가 한번 술을 마셔서 가족을 힘들게 하는 게 아니라. 매일 같이 술을 마셔서 가족들이 눈치를 보게 하는 등 피해를 입힌다. 이 정도가 되면 알코올 중독자라는 호칭이 붙는다. 가족이나 동거인이 없는 경우는 어떨까? 혼자 살기 때문에 눈치를 보거나 피해를 입는 사람이 없는 것 같지만 오히려 가족이 없어서 술을 더 마시게 된다. 나아가 술에 의한 신체적인 문제가 발생하고 이로 인해 사회생활도 할 수 없어서 고립되고 방치되기 쉽다. 이런 환자는 대개 주변의 이웃에 의해 신고되며 행정복지센터나 보건소가 개입하여 입원 치료를 돕는다.

가족에 의해서 보호 입원하게 되면 보호자들은 환자를 신뢰하지 않고 가족으로 인정하지 않는다. 지나친 음주로 변해버린 환자를 상대하면서 피해를 봤기 때문이다. 술은 주로 밤에 마신다. 매일 밤마다 술을 마시고 아내 혹은 자녀들에게 폭언과 폭행을 일삼은 것이다. 한 환자 보호자는 그 시간을 '나이트 쇼'라고까지 표현했다. 다음날이 되면 아무 일이 없었던 듯 다시 일상이 시작되지만 밤이 오면 술과 함께 악몽이 재현된다.

환자는 술을 마시지 않으면 금단증상이 찾아오지만 이를 넘기면 곧 안정을 찾는다. 보호자에 의한 입원이기 때문에 보호자에게 용서를 구하고 퇴원시켜 달라고 빈다. 그러나 퇴원하면 일주일도 안 돼서 다시 음주하고 다시 입원하기를 반복이다. 그래서 보호자들은 환자를 절대 신뢰하지 않는다. 딸이 아버지에게 아빠라고 하지 않고 너라고 호칭하는 것을 보고 패륜아가 아닌가 하고 충격 받았던 적이 있다. 나중에 알고 보니 그 환자는 입원 이력이 수십 번 있었다. 술 때문에 가족이 서로 적대감을 가지고 살고 완전 파탄이 났다. 이 정도면 환자가 정신을 차려야 하는데 정신을 못 차리고 술만 찾는다. 알코올 중독은 직접 보지 못하면 그 위험성을 알기 힘든 질병이다.

가족이 없는 알코올 중독자 환자 중에는 입퇴원을 반복하면서도 술을 끝내 끊지 못해 가족이 떨어져 나간 경우가 많다. 피해 보는 사람이 없으니 괜찮은 것 같으나 그렇지 않다. 가족이 있어도 술을 마시긴 하나 어느 정도 제재가 된다. 가족이 없으면 그 제제가 아예 없어 절제를 하지 못해 죽기 직전까지 술을 마신다. 폭언과 폭행도 사라지지 않는다. 그 대상이 이웃이나 길거리 행인으로 바뀌었을 뿐이다. 결국 타인의 신고로 발견되어 입원하게 된다.

마약 중독

두 번째는 아직 한국에는 많지 않은 마약 중독이다. 마약 중독은 마약에 대한 신체적 욕구가 생기고 이것을 스스로 억제하는 것이 어려운 상태다. 마약에 대한 정신적 신체적 의존 상태가 심하며 마약을 얻기 위해 할 수 있는 모든 행동을 한다.

정신병원에 근무하고 있지만 마약 중독환자를 많이 보지는 못했다. 오히려 일반 병원에 근무했을 때 진통제에 중독된 환자를 더 많이 봤다. 진통제에는 마약성 진통제가 있는데 환자가 고통을 못 견뎌하면 병원에서 진통제를 투여하는 경우가 있다. 혹은 고통 때문에 몸부림치는 환자를 검사 및 처치 시 가만히 있게 만들기 위해 의사의 권한으로 진통제를 투여할 수 있다. 실제로 교통사고가 나서 고통으로 몸부림치는 환자의 CT를 찍기 위해 보다 못한 의사가 모르핀morphine을 놔주라고 한 구두 처방을 직접 옆에서 들었다. 환자는 모르핀이 주사 되자마자 빠르게 안정되었고 CT도 무사히 찍었다. 마약이 주는 안정 효과에 굉장히 놀랐던 기억으로 남아 있다.

이렇게 투여된 마약의 맛(?)을 알게 된 환자들 중 일부는 병원에서 꾀병을 부리며 진통제를 놓아달라고 요구하기도 한다. 한 군데만 계속 가면 진통제를 맞지 못하니 여러 병원을 전전한다. 결국 정신병원에 입원하기도 하는데 보호 입원의 요건에는 맞지 않기 때문에 자의 입원해서 수시로 마약 주사를 요구한다.

도박 중독

세 번째는 도박 중독이다. 도박이란 불확실한 결과에 대해 돈을 거는 내기를 말한다. 다른 중독증과는 다르게 물질이 몸으로 들어가 나타나는 현상이 아니라 외부 물질에 대한 행위 중독 개념이다.

행위중독에는 도박은 물론 쇼핑, 인터넷, 게임, 영상 중독 등이 있다. 쇼핑 같은 경우 조증과 같이 오며 물건을 한꺼번에 많이 사는 것을 넘어 돈이 다 떨어질 때까지 이어간다. 과시를 위해 남에게 무작정 물건을 주기도 한다. 그래서 사회적으로 문제가 많이 되고 이슈가 된 적이 많으나 실제 입원까지 필요한 사례는 적은 편이다. 문제는 한번 발병하면 내성 및 금단증상과 의존성이 있고 이로 인해 이차적인 문제가 발생한다는 것이다.

이차적으로는 가족에게도 피해가 간다. 때문에 가족의 이상 행동을 감지했다면 정신과 진료를 권하는 게 좋다. 피해가 적어서 괜찮아지겠지 하고 넘어가면 내성이 생겨서 점점 더 자극적인 도박을 좇고 금액도 커진다. 금액이 커지기 시작하면 천만 원 단위는 금세 넘는다. 그러므로 문제를 알았다면 바로 진료를 봐서 상담과 약물로 치료를 시작해야 한다.

찾는 의사가 있나요?

손을 베어서 치료가 필요하다면, 다친 부위를 보여주고 어떤 것에 상처를 입었는지 간단히 말한 뒤 소독하고 꿰매면 된다. 다리를 접질려서 삐었다면 엑스레이를 찍고 뼈가 부러졌는지 인대에 손상이 갔는지 보고 치료를 결정한다. 그렇다면 마음이 아프고, 환청이 들리고 뭔가 뒤숭숭한 이상한 마음은 어떻게 보여주어야 할까? 환자가 직접 이야기하는 수밖에 없다. 이렇듯 정신과 진료는 눈에 보이는 외상이 아닌, 마음속이라는 사람의 내면을 진단해야 한다는 한계 때문에 의사와의 관계가 중요하다.

환자도 정신과를 가기 전 마음을 단단히 먹는다. '현재 내 마음 상태가 이러저러 하다고 말을 해 봐야지.' 하고 준비한다. 그런데 고민하다가 겨우 용기 내어 내원한 곳에서 의사가 마음에 들지 않는다면 어떻게 될까? 환자는 충분히 말하지 못하고 진료는 형식적인 문답으로만 이루어진다. 의사가 편안한 분위기를 만들고 친절하게 답변을 유도한다면 좋겠지만 이런 괜찮은 의사를 만날 확률도 높다고 할 수는 없다. 그나마 병원을 검색해서 의사의 프로필을 살펴보고 마음에 드는 의사를 만난다면 랜덤으로 의사가 정해졌을 때보다는 실망할 위험이 적겠다.

그럼 무엇을 보고 의사를 선택해야 할까? 학력? 경력? 외모? 전문 분야? 인터넷 후기? 병원에 근무하는 입장에서 보건데 전문 분야가 무엇이냐는 것과 경력이 오래되신 분이냐는 것과 함께 학력도 은근히 물어본다.

첫 번째부터 하나씩 살펴보자. 전문 분야가 무엇인지 묻는 질문이다. 정신과는 병명에 따라 전문 분야가 나누어진다. 조현병, 정동장애, 우울증, 알코올중독, 불면증, 청소년, ADHD 등이 있다. 정신병원 의사는 자신의 전문 분야에 해당하는 환자를 우선적으로 본다. 그렇다고 그 외의 환자를 거부하는 것도 아니다. 전공의 과정 때 모든 정신과 환자를 보고 공부하기 때문이며, 의사 인력이 적어 환자가 몰리면 병원 운영이 안 되기 때문이다. 그러니 환자 증상이 진료 받고 싶은 의사 프로필에 없다고 해서 그 의사를 제외할 필요는 없다. 진료가 가능한지 병원에 물어보면 되겠다.

두 번째 질문은 경력이다. 의사가 젊어 보이면 초짜 선생님이 아니냐고 불안해한다. 반대로 나이가 많아 보이는 의사는 저렇게 나이 든 사람이 무슨 진료를 보겠냐고 한다. 그러나 중요한 건 의사의 마인드다. 젊은 나이여도 이미 전공의 과정 4년 동안 실제로 환자를 진료했고, 전문의가 될 만큼 공부했다. 초심자의 마음으로 오히려 더 성심성의껏 진료할 수도 있다. 나이가 많은 의사는 임상경험이 풍부하고 본인만의 철칙이 뚜렷하므로 직접 진료를 받으면서 어떤 마인드로 환자를 진료하는지 판단하는 것이 좋다. 나이, 경험 보다 중요한 게 환자를 대하는 태도이다.

세 번째 질문은 학력이다. 한번은 입원한 아들을 면회한 노모가 아들의 상태가 나아지지 않았다며 따지러 오셨다. 아들을 병신으로 만들었다고 노발대발 하시기에 담당 주치의 진료실로 안내했다. 잠시 후 의사와 이야기를 마치고 진료실 밖으로 나온 노모는 앞에서 내던 화는 다 없어진 만족한 표정이었다. 그리고는 필자에게 가까이 와서 "좋은 대학 나오신 분이구만…" 하고 조용히 이야기하고 갔다. 그 의사는 명문대 출신이 아니었다. 어떻게 된 걸까? 나중에 그 진료실에 들어가 보니 모 명문대와 관련된 물품들이 많았다. 모 대학 대학원을 다닌 것이다.

다른 전문직도 마찬가지겠지만, 의료 분야는 유독 더 학력을 따지는 경향이 짙어 보인다. 다만 명문대 출신이 아니더라도 훌륭한 의사는 많다. 어디 출신인지 체크하기 전에 환자 중심으로 진료하는 의사인지 체크하자.

꾸준한 내원 부탁드립니다

병원을 선택했고 진료를 받았다. 이후에 무엇을 하면 좋을까? 일방적으로 진료를 받기보다는 얼마나 나와 맞는 진료였는지 체크하면 좋다.

☐ 첫 인사를 하는가?

☐ 진료 시 눈 맞춤이 있는가?

☐ 질문에 대한 답을 잘 해주는가?

☐ 본인이 몰랐던 치료 방향을 이야기해주는가?

☐ 유도질문을 던졌을 때 어떤 결론을 내는가?

위 예시처럼 종합적으로 진료 만족도를 판단할 수 있다. 하지만 군이 리스트를 만들어 체크하지 않더라도 진료실에 딱 들어가 보면 내가 병원에 치료를 받으러 온 것인지 혼나러 온 것인지, 부탁을 하러 온 것인지 느낄 수 있다.

예를 들어, 진료실 문을 열고 들어갔는데 아무 말도 없이 모니터만 보고 있는 의사라면 어떤 느낌이 드는가? 이야기를 들어주길 바랐는데 몇 가지 질문만 하고 진료 끝났다고 나가라고 하는 의사는? 이야기는 많이 나누었지만 의학적 지식이나 치료 계획 및 약을 제시하지 않는 의사는? 이러한 태도를 보이는 의사는 대개 두 가지 경우로 생각해볼 수 있다. 하나는 오래된 의원에서 장기간 일하며 불친절한 진료가 습관이 된 의사, 다른 하나는 환자를 많이 봐도 급여는 같아서 더 환자를 보기 싫은 봉직의奉職醫다. 이런 경우 해결책은 하나뿐이다. 성실한 진료를 기대하기 어려운 그곳에서 빨리 나오고, 처방해준 약을 받지 않는 것이다. 처방약을 받지 않는 이유는 다시 그 정신과에 갈 일이 없기 때문이다. 불성실한 진료를 받고 의심이 가는 약을 먹은 뒤 부작용이 생기면 다시 그 정신과에 갈 수밖에 없는 악순환이 발생한다. 이런 악순환의 고리를 사전에 차단하기 위해 약을 받지 말고 진료비만 수납하고 나오라는 것이다. 의외로 의사에게 주눅이 들거나 하라는 대로 해야 될 것 같아서 순순히 처방까지 받고 나오는 경우가 많다. 방문한 정신과가 마음에 들지 않았다면, 환자와 보호자에게는 다른 진료를 볼 권리가 있다.

여러 병원을 돌아다니다 드디어 마음에 드는 의사를 찾았다면, 축하한다. 이제 그 병원에 꾸준히 다니면 된다. 본인이 말하지 않으려고 숨겨 놓은 사실마저 말하게 하는 의사는 환자의 방어기제를 푸는데 능숙한 의사로 공감 능력도 뛰어날 것이다. 현 상황에 맞는 약을 처방해 줄 것이며, 만족한 진료를 받은 만큼 그 의사를 믿고 처방 받은 약을 꾸준히 먹을 수 있다. 약이 떨어지면 다시 내원하여 약에 대한 본인의 느낌이 이야기하고 의사의 피드백을 받으면서 약을 조절해 가게 되는데 이러한 일련의 과정이 가장 이상적인 정신과 진료의 모습이다.

다만 상황이 계속 호전되면 좋겠지만 아무리 좋은 진료를 받더라도 증세가 악화될 수도 있다. 그때는 필요시 처방해준 약이 있다면 먹고 다음 내원일보다 앞당겨서 병원을 방문해도 된다. 약 때문인지 심리적인 상황 때문에 그런 것인지 의사의 진료를 받은 후 치료 계획을 수정하거나 유지할 수 있기 때문이다. 이러한 대처는 조절이 가능한 상황이기 때문에 본인을 잘 알아주는 의사가 있다고 위안을 받을 수 있다.

병에 따라 평생 약을 먹을 수도 있다. 그렇기 때문에 꾸준히 다녀야 한다. 만약 이사를 가거나 그 병원을 다니 수 없는 상황이 된다면 진료의뢰서와 함께 복용중인 약 처방전을 발급받자. 새로 찾은 병원에 제출하기 위해서이다. 이전 병원에서 받은 내용을 공유하면 새로운 병원에서 보다 빠르게 적합한 치료를 시작할 수 있다.

02

입원
안내 드리겠습니다.

무언가 이상한 사람들 - 환각과 환청

이상한 행동의 기준은 무엇일까? 앞서 설명했지만 어딘가 평범해 보이지 않더라도 상식의 범주 안에서 선을 넘지 않으면 괜찮다. 하지만 그 선을 넘어서 큰 괴리감이 느껴진다면 정신병이 온 것이 아닌지 의심해봐야 한다. 대표적 정신질환으로 꼽히는 조현병을 예로 들어보자. 조현병은 환각, 환청 등 일반인이라면 경험할 수 없는 이상 증세를 겪는 정신질환이다. 당신은 살면서 환각과 환청을 경험한 적이 있는가? 있다면 그 경험이 얼마나 당혹스럽고 무서웠는지 기억하는가? 또한 그것이 얼마나 지속되었는가? 이 질문에 답할 수 있는가?

아마 이런 경험을 한 적도 없을뿐더러 있더라도 몸이 많이 피곤했을 때 일회성으로 나타난 것 빼곤 없을 것이다. 그러나 조현병 환자들은 환각과 환청을 몸이 멀쩡한 상태에서도 경험한다. 즉 심각하게 피곤하지도 않고 술이나 마약 등 약물을 투여하지도 않은 맨 정신에 갑자기 무엇인가 보이고 어떤 말들이 계속 들린다. 그렇기 때문에 일반인과 다른 행동을 보일 수밖에 없다. 문제는 이상 증상이 지속적으로 반복된다는 것이다. 아무리 강심장이라도 헛것이 진짜처럼 보이고 들리면 정신이 피폐해질 수밖에 없다. 뚜렷한 예로 드라마 '펜트하우스'에서 하은별을 보면 평소에 멘탈이 약하기는 했지만 사건, 사고에 의해 환각, 환청에 시달리자 금세 정신 및 육체적으로 피폐해지는 과정을 볼 수 있다. 특히 영화이지만 조현병의 환각, 환청이 어느 정도로 리얼한지 표현한 '뷰티풀 마인드'는 관객조차도 "저게 환각, 환청이었다고?" 하며 놀라게 된다. 그만큼 조현병 환자에게 환각, 환청은 의심할 수조차 없는 현실로 다가온다.

혼자 말대답을 하는 모습은 가장 쉽고 빠르게 보호자들이 관찰할 수 있는 전조 증상이다. 일반인들도 혼잣말을 하지만 다음 예시와 같이 감탄사나 뭔가 깜박했을 때 순간적으로 나오는 표현일 뿐이다.

"아 맞다!"

"지금 몇 시지?"

"아 배고파! 배고픈데 뭐 먹을까?"

"맞아, 이때 그걸 하려고 했었는데…"

"아이고 깜박했다…"

그러나 환자들은 문답으로 이루어진 대화를 하며 증세가 심해지면 갑자기 혼자 웃기도 하고 울기도 한다. 환청은 내용이 매우 다양하다. 부정적인 것부터 긍정적인 것까지 스펙트럼도 넓다. 다만 필자는 환자에게 직접 물어봤을 때 긍정적인 환청을 듣는다는 답을 들은 적이 한 번도 없다. 환자로부터 직접 들은 환청 몇 가지를 살펴보자.

> "말 하지 마. 말하면 안 돼. 말하면 큰일 나."
>
> "옷을 벗어라. 지금 당장 벗어라. 바지부터 벗어라."
>
> "뛰어내려. 넌 살 가치가 없어. 뛰어내려. 넌 죽어야 돼. 지금 당장 빨리!"
>
> "죽여 버려라. 저 놈을 죽여 버려라. 죽여, 죽여, 죽여."

글로만 보았을 때는 보면 별 것 아닌 말 같지만. 환자 입장에서는 미칠 것 같다고 한다. 옷을 벗으라는 환청을 들은 사람은 실제로 옷을 벗었으며, 뛰어내리라는 말을 들은 환자는 아파트 베란다에서 창문을 열고 뛰어내리려고 했다. 아버지가 발견하여 제지해서 병원으로 데리고 왔다. 겉으로 봤을 때는 환청을 듣는지 알 수가 없다. 이렇게 행동으로 옮겼을 때에야 환청을 듣는 구나라고 바로 파악할 수 있다.

이런 행동이 계속되면 자기 자신도 뭔가 이상하다는 것을 자각하는 경우도 많다. 가족이나 다른 사람들이 짚어주어 자신에게 문제가 생겼다는 것을 알게 되기도 한다. 이 경우 치료를 받기 위해 바로 병원을 방문하기도 하지만 오히려 환청을 듣는다는 사실을 숨기기 위해 방안에서 나오지 않기도 한다. 그렇게 혼자 자기 만에 세계에 빠져 고립된 환자의 가족들은 강제로 나오게 할 수도 없어 애가 탄다.

기억에 남는 한 환자는 말을 하지 않는 증상으로 입원했는데, 얘가 말을 못하는 벙어리가 아닌가 생각될 정도로 상태가 좋지 않았다. 다행스럽게도 입원한지 몇 달이 지나자 한 마디씩 입을 열더니 퇴원했다. 이후에도 낮병원에서 또래 친구를 만나 이야기를 많이 하고 있는 게 신기해 보여 물어보니 아팠을 때 '말 하지 말라'는 환청이 들렸다고 한다. "무시할 수 없었니?"라고 물었으나 할 수 없었다고 답했다. 입원하면서 약을 먹고 주치의 및 병원 직원들과 단답으로 의사소통하다가 증상 호전으로 퇴원했고 이후에는 낮병원에서 또래 친구를 만나며 점점 더 호전된 케이스의 환자이다.

이처럼 환청 종류에 따라 비교적 평화롭게 치료가 되는 환자가 있는 반면, 위험한 경우도 있다. 환청 중에서도 심각한 문제는 타인에게 직접적인 피해를 줄 위험이 높은 '죽이라'라는 환청이다. 실제 살인 행위까지 갈 위험성이 있어 조기 발견하여 전문의 진료를 보고 의사의 조치에 따르면 좋다.

조기 발견하려면 환자를 관찰해서 평소와 다른 행동을 하는지 체크해야 한다. 대체로 누군가 자기를 죽이려 한다며 안절부절 못한다. 또한 여러 물품들을 의심한다. 공용 CCTV가 자신을 감시하기 위해 있고, TV에서는 자신과 관련된 사항을 언급한다고 한다. 호신용품을 가지고 다니거나 자기 주변에 둔다. 칼을 소지하는 경우도 있는데, 타인은 물론 자기 자신도 해칠 위험성이 굉장히 커진 상태이기 때문에 빠른 시일 내에 입원시키는 것이 좋다.

당사자에게만 진실인 이야기 - 망상

문명이 발달하면서 전자기기가 자연스럽게 등장했다. 그러나 환자들은 이 전자기기에 대해서 망상을 표출하는 경우가 많았다. 가장 많이 보게 되는 케이스는 누군가가 TV전파로 자신을 공격한다는 의심이다. CCTV 가 많이 보급된 후에는 누군가 CCTV로 자신을 항상 감시한다며 창문 등 집 내부가 보이는 곳을 신문이나 종이로 가려 놓는다. 반대로 배우자를 못 믿는 경우 CCTV를 실제로 설치하여 24시간 감시하는 편집성적인 집 착을 보이는 환자도 있다.

미디어를 통해 노출되는 높은 사람에 대한 지나친 동경도 있다. 주로 대통령에 집착하는 경우가 많다. 망상적인 사고를 한 환자도 있는데 특정 대통령이 자신의 형, 오빠나 남편이라고 주장하는 것이다. 기업체 CEO의 가족이라고 주장하는 경우도 많았는데 특이하게도 필자가 본 환자들은 모두 다 S기업체를 무조건적으로 신봉했다.

가정집이면 하나씩 있는 화재감지기와 스프링클러 등을 가리키며 그

곳을 통해 누군가 자신을 독살시켜 죽이려 한다고 주장하는 환자도 있다. 자신이 국가 기밀을 알고 있는데 그것 때문에 국가가 자신을 특별 감시하고 죽이려 한다는 것이다. 자신은 피해자라는 생각이 강해 항상 보복을 꿈꾸기도 한다. 진주시 방화, 살인 사건의 범인이 대표적이라 하겠다.

물건을 버리지 않고 모으는 행동도 있다. 집안에 온갖 잡동사니를 버리지 않고 쌓아둔다. '순간포착 세상에 이런 일이'와 같은 TV프로그램에도 주기적으로 나오는 사연인데, 집안은 쓰레기장을 방불케 하고 악취도 이루 말할 수 없다. 필자가 직접 경험한 환자는 그것들이 나중에 다 돈이 된다면서 일부러 밖에 나가 가치 없는 것들을 수집하러 다니고 그걸 집에다 쌓아 놓았다.

이와 반대로 집안 물품을 다 버리는 환자도 있다. 집안에 있는 건 뭐든 다 버린다. 이유는 다양하다. 음식이면 독을 탔다고 주장하고, 냉장고는 소음이 커서 버렸다고 하며, TV는 전파로 나를 공격하는 위험한 물건이라고 한다. 스스로가 만들어낸 망상을 바탕으로 각종 이유를 만들어 모든 물건을 버린다. 보호자가 같이 있으면 만류하기 때문에 주로 보호자들이 집을 비웠을 때 더 심해진다. 필자가 직접 겪은 케이스 중에서는 환자인 아들이 집에 오면 물건들을 다 버린다는 이유로 환자에게 알리지 않고 이사를 가버린 부모도 있다. 그래서 퇴원한 환자가 집을 모르겠다며 경찰을 찾아갔고 경찰이 환자를 다시 병원으로 데리고 온 적도 있었다.

이상의 증세들이 상식적이지 않은 행동이자 일반적으로 나타나는 정신병적 행동들이라 하겠다. 만약 이상 증상을 보이는 사람이 방에 틀어박

혀서 안 나온다거나 외출은 하는데 나가서 무엇을 하고 들어오는지 모르겠다면 (목적 없이 나감) 관심을 가지고 물어보는 것이 좋다. 평소에 그럴 사람이 아니라면 더더욱 신경써야 한다. 물론 보호자들이 뭔가 이상하다는 느낌을 가졌을 때 말이다.

가벼운 증상도 입원이 됩니다

정신병원에는 중증의 환자만 입원할 수 있는 걸까? 우울감이 있어서 가족들 말고 혼자 있고 싶을 때, 스트레스를 많이 받아서 따로 혼자 쉬고 싶을 때, 불안한 감정으로 누군가의 지지와 도움이 필요할 때는 정신병원에 입원할 수 없을까? 결론부터 말하자면 할 수는 있다. 다만 꾸준한 진료기록과 주치의와의 면담이 잘 이루어진 상태여야 한다. 큰 규모의 정신병원이 아니라면 첫 진료에서 가벼운 증상으로 바로 입원하기는 힘들다.

그 이유는 자의 입원 한다면 병식이 있다는 것인데 첫 진료에서는 병식이 바로 형성되기 어렵기 때문이다. 병원에서도 첫 진료에 입원까지 권하는 경우는 드물다. 만약 입원을 권한다면 중증이라는 뜻이며 중증환자를 자의 입원시키면 변심으로 바로 퇴원할 수 있기 때문에 동의, 보호 입원을 택한다. 보호자가 확실하고 퇴원을 쉽게 못하기 때문이다.

또한 자의 입원은 혼자 입원하므로 경제력도 불분명하고 보호자 여부도 확실하게 알 수가 없다. 때문에 병원비를 못 받을 가능성이 있다. 자의 입원을 원하는 환자 입장에서는 병원의 이러한 사정을 과하다고 생각할 수도 있지만 정신병원은 병원 특성상 정말 이상한 사람이 많이 온다. 거짓말을 밥 먹듯 하는 사람일 수도 있고, 행려자 및 전과자일 수도 있다. 경험적으로도 자의 입원하면 입원비를 못 받는 경우가 많아 첫 진료 시 보호자가 없으면 입원을 꺼린다.

병원에서 자의 입원을 거절할 때 가장 많이 사용하는 방법은 병실이 없다는 것이다. 실제로 사실이기도 하다. 사실 필자도 병실이 없다는 말을 거짓말이라고 생각했었다. 그런데 종합병원에 실제로 근무해서 병실현황을 보니 빈자리가 없는 경우가 많았다. 일반적으로 이용하는 종합병원이 이런데 정신병원이라고 병상이 넉넉할 리가 없다. 오히려 장기 입원이 많기 때문에 입원, 퇴원 로테이션이 길어서 더 부족하다. 환자들도 한번 입원하면 퇴원을 잘 하지 않아 병실이 꽉 차있는 경우가 많다. 물론 자리가 있는데 거절하기 위한 핑계로 병실이 없다고 할 수도 있다. 그럴 때는 병실 현황을 보여 달라고 하면 된다. 보여주지 않으면 뭔가 켕기는 게 있는 거고 보여주면 진짜다. 전산 상으로 병실을 채울 수 있는 방법도 있지만 그렇게까지 해서 병실 없다고는 하지 않는다.

그렇다면 어떤 경우에 가벼운 증상으로도 입원할 수 있을까? 앞에서 든 예처럼 큰 규모의 정신병원이나 대학병원으로 바로 가면 된다. 서울이나 경기도권이라면 큰 규모의 정신병원이 많지 않으니 대학병원으로 가는 것을 추천한다. 혹시 모르니 가고자 하는 대학병원 정신과에 자의 입원이 가능한지 문의하고 가야 한다. 문제는 입원 중에 상태가 악화되어 보호입원이 필요한 경우이다. 대학병원에는 폐쇄병동을 운영하지 않는 곳이 있기 때문에 다시 2차 병원으로 가야 하는 번거로움이 있다. 하지만 가벼운 증상으로 입원한 이상 폐쇄병동까지 가야할 일은 거의 없으므로 너무 걱정하지 않아도 되겠다.

두 번째는 반대로 아예 작은 의원급에서 입원 병실을 운영하는 곳을 찾는다. 찾기만 하면 병동 규칙도 빡빡하지 않아서 널널한 병동 생활을 할 수 있다. 대신 의원 수가 적어서 찾는 데 노력을 기울여야 하겠다.

세 번째는 정신병원에 꾸준히 다녀서 미리 주치의와 신뢰를 쌓아두는 것이다. 가장 현실성이 높고 쉬운 방법이다. 꾸준히 입, 퇴원을 반복해서 VIP라는 인식을 심어주는 한편 외래 진료를 받을 때 주치의에게서 언제든 입원가능하다고 확답을 받아놓는 것이 좋다. 그 주치의가 병원장이라면 더 없이 좋다.

실제로 한 50대 여성 환자는 자녀가 이런저런 이유로 손자를 맡겨서 피곤하거나 스트레스가 쌓이면 회피용으로 입원을 이용했다. 짧게는 토요일에 입원해서 그 다음 주 월요일에 퇴원하기도 했다. 하도 입, 퇴원을 많이 해서 원무과에서도 알고 있는 사람이었기 때문에 입원전화로 바로 연결해서 자리가 있는지 물어보고 바로 입원하곤 했다.

입원 기간을 제시하는 것도 방법이다. 정신병원은 단기입원을 싫어한다. 적어도 1개월 이상을 제시하자. 두 번째로 안정적인 보호자를 제시하자. 본인이 돈 많다고 어필하는 건 소용없다. 이렇게 두 가지면 병원 입장에서 자리가 있는데 거부할 이유는 없다. 이렇게 쉽게 입원 가능한 병원을 만들어 놓으면 편리하다. 본인의 몸이 피곤하거나 좀 쉬고 싶다고 생각이 들면 바로 입원할 수 있기 때문이다. 더욱이 정신병원은 24시간 입원 운영을 하는 곳이 많아서 언제든 입원할 수 있다(병원 사정에 따라 딜레이가 될 수 있다).

가벼운 증상으로 입원하면 무엇이 좋을까? 바로 피하고 싶은 상황이나 사람을 거부할 수 있는 아주 좋은 회피방법이 된다는 점이다. 정신병원이라 정신병을 가지지 않은 사람이 잘 찾지도 않을뿐더러 찾아오더라도 병원 측에서 외부인을 들어오지 못하게 통제하기 때문에 사람 피하는 데는 정신병원만한 곳이 없다. 병원에 요청하면 가족도 면회가 안 된다.

자의 입원이기 때문에 나가고 싶을 때는 퇴원하거나 외출하면 된다. 문제는 병원 규칙이 얼마나 타이트하게 운영되느냐이다. 이 경우 병원 직원과 친분을 쌓아보면 좋겠다. 직원도 사람이기 때문에 심각한 규정 위반이 아니라면 어느 정도 눈 감아 줄 수 있기 때문이다. 입원의 경우 24시간 긴밀히 연결되어 있기 때문에 좋은 성격이나 미모 등 타인이 매력을 느끼게 하는 요소도 꽤 중요하게 작용한다. 실제로 상당한 미인이었던 어떤 보호입원 환자는 직원 및 환자들이 잘 따르며 좋은 대접을 받기도 했다. 보호입원임에도 자의 입원한 것으로 보일 정도였다.

아직 우리나라는 강제성과 인권문제로 정신병원을 어렵고 두려운 곳으로 생각하는 경향이 짙어 입원 문제도 가볍게 접근해 봤다. 막상 병동에 들어가도 환각이나 환청으로 시달리는 환자는 거의 없다. 있어도 자기 자리에서나 그러지 영화 등 미디어에서 보듯 미친 사람마냥 뛰어다니며 발버둥치는 장면은 어쩌다 한 번씩 있을 뿐이다. 더 나이지기 위해 치료 받기 위한 사람과 치료해주는 사람이 모인 곳이다. 그러니 무조건적인 두려움과 부정적인 시선이 사라지기를 바라는 마음이다.

우선 병원에 오셔야 합니다

애가 이상해서 정신적 치료를 받아야 하는 상황인 것 같은데, 병원으로 가자고 하니 안 가겠다고 한다. 이것은 병원에 가장 문의가 많이 오는 질문이다. 사실 법이 개정되기 전에는 병원에서 직접 환자를 픽업하러 나가기도 했다. 기억을 더듬어보니 나의 첫 픽업은 시도로만 끝났다. 환자 보호자는 딸이었고, 아빠가 매일 술을 마시고 조현병적 증상으로 환각을 보며, 환청이 들리는지 누군가와 허공에 대고 이야기를 한다고 했다. 딸이 집주소를 알려주었고, 원무과 소속인 필자와 선배 둘이서 앰뷸런스를 타고 생전 처음 가보는 동네로 향했다.

집에 들어가기 전 선배는 환자가 문 뒤에 숨어서 칼을 들고 있을 수가 있으니 혼자 너무 문에 붙어서 들어가지 말라고 했다. 환자에게 병원에서 왔다고 밝히면 자신을 입원시키려고 하는지 알기 때문에 죽기 살기로 대비를 한단다. 혹시 모를 사고 위험을 막기 위해 선배는 전화로 딸을 불러서 방문을 다 열게 했다. 그러자 열려진 문 너머로 환자가 보였다. 당시 근무한지 얼마 안 된 필자가 보기에는 입원할 정도로 증세가 심해보이지 않았다.

선배는 환자의 상태를 자세히 파악하기 위해 몇 가지 질문을 던졌다. 환자는 당연히 입원하기 싫다고만 답했다. 그렇게 대화를 이어가던 중 환자가 갑자기 흥얼거리며 노래를 불렀다. 엄청 놀랐다. 일상적인 이야기를 나누던 중에 대화 상황이나 맥락과 상관없이 노래를 부르다니. 제대로 된 노래도 아니었다. 그저 의미 없는 말을 지어낸 멜로디에 붙여 흥얼거릴 뿐이었다. 노래를 시작한 이후 그는 어떤 질문에도 답하지 않은 채 시선을 허공에 두고 흥얼거렸고, 우리는 병원으로 돌아올 수밖에 없었다.

만약 환자 보호자가 입원 서류를 갖추고 보호자도 1명 더 있었다면 보호 입원이 가능했겠으나, 여건이 되지 않았다. 픽업 시도 이후 2개월이 지나자 정신보건법이 개정되었고 더 입원 조건은 더욱 어려워졌다. 그렇다면 병원 직원도 못 데리고 오는 환자를 어떻게 병원으로 데리고 올 수 있을까? 여기에는 몇 가지 방법이 있다.

첫째, 환자에게 입원 이야기는 꺼내지 말고, 진료보고 약만 타오자고 설득하기.

약에 대한 거부감으로 내가 왜 약을 먹느냐고 불평하면, 그럼 약은 안 먹어도 되니 진료만 보자고 한다. '입원→약→진료' 순서로 진입단계를 낮추어 설득하는 방법이다. 때로는 친척을 만나러 가자고 한 뒤 병원으로 데리고 오는 경우도 있다. 단계를 낮추어가며 설득하는 수고가 줄 수 있으나, 이후 환자가 보호자를 믿지 않게 될 불상사가 발생할 우려가 있겠다.

둘째, 사설 구급대에 문의하기.

법이 개정되기 전에는 환자를 정말 잡아오는 경우도 있었다. 그러다 한 번은 억지로 환자를 데리고 오는 과정에서 몸싸움이 일어났고 구급대 직원이 환자를 때렸다. 환자는 알코올 중독자로 50대 정도 되었고 보호자는 아내였다. 폭행 당시에는 원무과에서 입원 수속을 하느라 정신이 없어서 항의를 크게 못 했던 환자 보호자, 그러나 입원 이후 환자를 데리고 오면 됐지 왜 때렸냐고 울면서 하소연했다. 하지만 이제는 다 옛날 이야기이다. 강제로 입원시키던 구급대 직원이 구속된 사례가 생긴 후 구급대 교육 및 환자 이송 방칙이 엄격해졌기 때문이다. 이제는 환자를 설득해서 데리고 오지 절대 억지로 끌고 오지 않는다.

그럼에도 불구하고 아직 사설 구급 업체에 문의하는 방법은 유효하다. 부모나 가족이 설득하면 말을 안 들어도, 구급대 직원이 가서 설득하면 높은 확률로 따라 오기 때문이다. 입원이 처음인 환자는 구급대원이 생각보다 부드럽게 권하고 가족들도 옆에서 한마디씩 거드니 설득당해 병원으로 온다. 반면 입원 경력이 있는 사람은 구급대 직원을 보자마자 포기하고 스스로 엠블런스에 올라탄다. 저항해도 결국 소용없다는 것을 깨달은 것이다. 환자도 몸싸움 하는 것을 원하지 않는다. 입원하기 싫으니 반사적으로 저항하는 것이다. 이런 과정이 반복되면 저항을 포기하는 경우가 많다.

셋째, 경찰이나 지역보건소 & 정신건강증진센터에 도움 요청하기.

환자가 정신병적 증상이 심해 자신이나 타인에게 해를 끼칠 위험이 크면 경찰에서 응급 입원이라는 제도로 입원을 도와줄 수 있다. 법 개정 이후에는 사설 구급대로 입원하는 케이스보다 경찰을 통한 응급 입원 케이스가 더 많다.

경찰에 신고할 때는 타인에게 어떤 위해를 가하는지 자세히 설명하는 것이 좋다. 그냥 애가 방 안에서 나오지 않는다고 말하는 정도로는 경찰이 개입하지 않는다. 위협성이 얼마나 큰지 설명하는 게 좋다. 누가 자신을 죽이려고 한다며 칼을 가지고 다닌다거나, 가족들을 이유 없이 심하게 폭행하는 등 위험 정도를 판단할 만한 명백한 증거와 위협 행위를 설명해야 한다. 일정 수준의 위험 혹은 위협이 없다면 경찰이 관여할 수 없는 일이므로 도움을 받기 어려울 가능성이 높다.

그러나 지역보건소 & 정신건강증진센터에 신고하면 병원을 연결해 주고 위급한 상황이라고 판단되면 센터에서 직접 경찰에 신고해주기도 한다. 주로 보호자가 없는 상황이거나 정신질환으로 관리 중인 환자가 이와 같은 케이스로 내원하여 입원한다.

그러나 위 세 가지 방법보다도 어떻게든 환자를 설득하여 제 발로 걸어오게 하는 것이 제일 좋다. 한번은 중학생인 환자가 보호자인 아버지의 확인 하에 입원했고, 상태가 좋아져서 퇴원했다. 입원을 하면 확실히 환자가 좋아지는 것을 경험한 아버지는 환자가 증상이 안 좋아질 때마다 입원시킨다는 말로 위협했다. 말로만 하다 효과가 떨어지자 중학생인 아들을 병원까지 강제로 질질 끌고 왔다. 아이는 크게 울면서 잘못했다고 빌었는데, 이런 장면을 보면 아무리 아버지여도 한 인간에게 저럴 권리가 있는지 고민하게 된다.

범죄자에게 인권 따위가 있냐며 인권위원회는 없어져야 한다는 주장을 하는 사람도 있지만, 실제로 한 인간의 인권이 무지막지하게 밟히는 모습을 본다면 인권이 얼마나 중요한 문제인지 다시 생각하게 될 것이다. 더군다나 환자는 범죄자도 아니다. 부디 자신의 발로 자유롭게 들어와서 적합한 치료 받고 갈 수 있는 정신병원 풍경을 바란다.

서류를 준비해주세요

일반종합병원에 입원문의를 하면 어떤 증상으로 입원을 하는지 보험 유형은 무엇인지 정도만 묻고 따로 필요한 서류를 준비하라고 하지는 않는다. 입원 가능하다고 하면 가서 진료 후 입원약정서를 작성하고 입원하면 된다. 그러나 정신병원은 그렇지 않다. 환자의 입원의사가 중요하기 때문이다. 환자가 입원을 한다고 하면 자의 입원을 진행할 수도 있고, 보호 입원을 한다고 해도 환자가 입원을 원하기 때문에 동의 입원으로 진행된다.

환자가 입원을 원하지 않는다면, 강제적인 입원이 되기 때문에 법적 보호자 자격이 서류로 확인되어야 한다. 법적 보호자는 '민법 제7장 부양 제974조 부양의무'에 따른다.

1. 직계혈족 및 그 배우자간
2. 기타 친족간 생계를 같이 하는 경우에 한 한다.

주로 부모와 할아버지, 할머니가 주 보호자가 된다. 형제, 자매가 있을 경우 성인이어야 하며, 생계 즉 주민등록등본 상에 같이 기재가 되어 있어야 보호자 자격이 된다. 이런 보호자가 서류 상 두 명이상 확인되어야 입원 가능한 조건이 된다. 확인이 되지 않는 상황이라면, 정신병원 측에서는 입원이 어렵다며 시큰둥한 반응을 보일 것이다.

보호자 자격 확인을 위해 필요한 준비물은 세 가지이다.

□ 주민등록등본

□ 가족관계증명서

□ 신분증

서류를 발급받을 때는 반드시 환자 중심으로 발급받아야 한다. 등본은 세대주 중심으로 나오니 등본 상에 환자 이름만 들어있으면 된다. 또한 개인정보보호 때문에 주민등록 뒷자리를 보호처리해서 발급 받으면 안 된다.

환자가 입원하고 나면 원무과에서는 서류를 스캔해서 보건복지부 국립정신건강센터 국가입퇴원시스템에 올린다. 이때 기재된 정보가 '***' 등으로 보호처리 되어 있으면 다시 보호자에게 받아서 올리라고 한다. 즉 다시 못 받으면 그 환자는 퇴원해야 한다. 그만큼 정신병원은 서류 한 장 글자 한 자가 매우 중요하다. 종이 쪼가리 하나 없다고 입원 못하는 게 아니라. 환자의 보호자 자격이 확인이 안 되어서 입원을 못하는 것이다.

생각해보라 환자와 친가족이 아닌데 이웃이나 잘 아는 사람이라고 막

입원시킨다면 얼마나 황당한 일인가? 정신질환 특성상 자신의 주장을 조리 있게 하지 못하고 시키는 대로만 행동하는 환자도 있다. 가족도 아닌데 주변에서 불편하게 한다며 강제 입원 시키는 행위는 누가 봐도 인권침해이자 불법적 행위이다.

때로는 가족에 의한 강제 입원조차 문제가 발생한다. 막장드라마 같은 느낌이겠지만 가족 간에 재산분할이나 경제적인 문제, 종교 성격 차이로 형제, 자매를 강제로 입원시키는 것이다. 정신병원 인권교육 자료로도 쓰이는 '백년의 유산' 드라마의 강제 입원 장면 또한 충격적이어서 사회적 물의 일으켰었다.°

사회적 반향이 얼마나 컸던지 실제로 법이 개정되기도 했다. 다만 법이 개정되어도 이 문제는 아직 현재 진행형이다. 실제로 2021년에 방영된 '사건파일 24°°'의 '가족이 뭐길래' 코너에서는 2021년에 아버지 유산 문제로 갈등을 빚던 5남매가 유산 6천만 원을 받고 함구한 장녀를 정신병원에 강제 입원 시킨 사연이 소개되었다.

2021년에도 꼼꼼하게 점검하지 않으면 이런 사건이 터진다. 아무리 대비하고 확인해도 작정하고 입원시키려고 하면 막을 수 없기 때문이다. 때문에 정신병원 입장에서는 잘못된 입원을 최대한 막기 위해 서류를 수십 번 확인한다. 그러니 보호자들은 정신병원이 유도리 없이 빡빡하게 군다

° 연합뉴스, "억울한 정신병원 강제 입원 사라질까(2013.05.20. 서한기 기자)".
°° TV조선의 프로그램.

고 서운해 하지 않았으면 한다. 혹시 모를 사건에 대비하는 것이니 협조와 양해를 바란다.

서류가 모두 준비되고 당일 보호자 내원까지 가능하다면 입원 준비는 끝난다. 서류만 준비하기에도 빠듯하기 때문에 환자가 사용할 세면도구 등의 준비물은 입원 후에 전달해 줘도 된다. 그럼 이제 정신병원에만 있는 입원 유형에 대해서 알아보자.

입원 유형을 확인하세요

일반병원은 그냥 입원약정서만 작성하면 입원이 이루어진다. 하지만 정신병원은 그렇지 않다. 일단 입원 유형부터가 다르다. 크게 자의, 동의, 보호, 응급, 행정 입원까지 있다. 여기서는 행정 입원을 제외한 나머지 입원을 알아보자. 행정 입원은 병원과 보건소 사이에서 이루어지는 과정이므로 일반인이 자세히 알 필요가 없다.

자세히 설명하기 전에 법률상으로 각 입원에 대해서 정의한 법률을 먼저 소개한다. 법률은 정신건강증진 및 정신질환자 복지서비스 지원에 관한 법률에 따른다.

자의 입원

정신질환자나 그 밖에 정신건강상 문제가 있는 사람은 보건복지부령으로 정하는 입원등 신청서를 정신의료기관등의 장에게 제출함으로써 그 정신의료기관등에 자의 입원등을 할 수 있다.

(정신건강복지법* 제41조 제1항)

환자가 자신의 병을 알고 인정한 경우로 본인 스스로 입원하겠다고 요청한 경우이다. 그렇다고 아무 정신병원에 가서 자의 입원 하겠다고 하면 받아주지 않는다. 일단 정신과 전문의의 진료 후 이 환자가 정신병이 있다고 판단이 들어야 자의 입원이 가능하다. 의사가 자의 입원을 하라고 했다고 해도 정신병원 특성상 자리가 없는 경우가 많으니 꼭 원무과에 자리가 있는지 문의를 하고 입원해야 한다.

사실 자의 입원 환자는 의료보험 수급권을 받는 환자로 이 병원 저 병원 돌아다니며 간보면서 떠돌이 환자 생활을 하는 경우가 많다. 그렇기 때문에 환자 자체가 까다로우며 대우 받는걸 좋아하는 경향이 짙고 병원에 이것저것 따지는 경우가 많다. 심한 경우 보건소나 인권 위원회에 신고까지 넣기 때문에 캐릭터 파악이 되지 않은 초진 환자는 자의 입원이 거의 힘들다고 보면 된다. 특히 알코올 중독자일수록 더욱 그렇다.

하지만 처음 진료인데 정신병이 뚜렷하고 보호자가 확실하며 케어가 가능할 경우 자의 입원 할 수도 있다. 확실한건 "나 정신병이야" 하고 떠들며 들어가서 "입원시켜줘!" 할 경우 거의 받아들여지지 않는다고 보면 된다.

---

* '정신건강증진 및 정신질환자 복지서비스 지원에 관한 법률'의 약칭. 밑으로도 약칭을 사용했다.

동의 입원

> 정신질환자는 보호의무자의 동의를 받아 보건복지부령으로 정하는 입원등 신청서를 정신의료기관등의 장에게 제출함으로써 그 정신의료기관등에 입원등을 할 수 있다.
>
> (정신건강복지법 제42조 제1항)

이때부터 보호자가 반드시 필요하다. 즉 환자 혼자 와서 입원 신청을 해도 자의 입원이 아닌 이상 입원이 되지 않는다. 반드시 직계 가족이 와야 하며, 친구나 애인, 사촌, 동네 이웃이 오면 절대 안 된다. "약혼한 사이인데도 안 되나요?"라고 묻는 경우도 많은데 법적으로 혼인한 상태가 아니면 불가하다.

쉽게 말해서 환자 이름으로 가족관계 증명서를 발급받았을 때 서류에 나온 이름이 아니라면 절대 자격이 없다. 친동생이나 형, 오빠, 누나, 언니도 안 된다. 그 때문에 원무과에서는 항상 환자 중심으로 주민등록등본과 가족관계증명서를 제출하라고 안내한다. 친동생이나 형, 오빠, 누나, 언니 같은 경우 따로 나가 살면서 등본에 같이 기재되어 있지 않은 경우가 많기 때문이다. 그래서 일반적으로 동의 입원 안내를 할 경우에는 일순위로 부모님을 동반하게 한다. 다만 주민등록등본에 같이 거주하는 것으로 나오면 그때는 친동생이나 형, 오빠, 누나, 언니도 보호자가 될 수 있다. 사실 여부보다 서류상에 어떻게 보이는지가 중요하다.

보호 입원

정신의료기관등의 장은 정신질환자의 보호의무자 2명 이상 보호의무자 간 입원등에 관하여 다툼이 있는 경우에는 제39조제2항의 순위에 따른 선 순위자 2명 이상을 말하며, 보호의무자가 1명만 있는 경우에는 1명으로 한다이 신청한 경우로서 정신건강의학과전문의가 입원 등이 필요하다고 진단한 경우에만 해당 정신질환자를 입원등을 시킬 수 있다.

이 경우 정신의료기관등의 장은 입원 등을 할 때 보호의무자로부터 보건복지부령으로 정하는 바에 따라 입원등 신청서와 보호의무자임을 확인할 수 있는 서류를 받아야 한다.

(정신건강복지법 제43조 제1항)

정식 명칭은 보호의무자에 의한 입원이다. 주로 보호 입원이라고 줄여서 부른다. 여기서부터 엄청 까다롭다. 법률 항부터 길다. 제시된 조건을 모두 충족해야 하므로 환자가 입원을 못하는 주된 이유이기도 하다. 이 입원 유형이 정신병원하면 떠오르는 강제 입원이다. 강제 입원은 과거 정신병원 내에서도 보호자를 쉽게 이해시키기 위해서 사용했던 적이 있다. 그러나 아무래도 어감이 좋지 않기 때문에 현재는 보호 입원이라 부르는 것이 일반적이다.

이 유형으로 입원하는 환자는 스스로 병에 걸렸다는 자각이 없어 입원을 완강히 거부하는 상태로 병원에 데리고 오는 것부터가 일이다. 환자의 거부 의사는 보호자 상담 시 내용의 90%를 차지할 정도로 많이 묻는 사항이자 애로 사항이다. 법이 개정되기 전에는 정신질환자를 전문으로 이송하는 사설 구급대에 문의를 해보시라고 권해 드렸다. 그러나 법이 개정된 후로는 환자가 불법으로 강제 이송당했다고 신고할 수 있고 이로 인해 이송단과 이송을 의뢰한 사람까지 유죄판결을 받은 사례도 있다. 잘못하면 사설 구급대 전화번호를 알려준 원무과 직원까지 유죄를 받을 수 있어서 지금은 사설 구급대를 찾아서 문의해보라는 기본적인 사항만 안내한다.

법이 개정되기 전에는 의사의 진단도 없이 환자를 데려와서 바로 입원시키고, 서류도 뒤늦게 작성하며 제출 서류도 늦게 내는 경우가 많았다. 이런 문제가 너무 많아지자 법이 강화된 것이다. 그래서 예전에 입원시킨 이력이 있는 보호자들은 과거의 일을 들먹이며 따지는 경우도 많다. 정신병은 재발이 많고 재발이 일어나는 기간은 길면 3~5년의 간격을 두기도 한다. 그러나 정신병원 입원 관련 법은 매년 바뀐다. 당연히 오랜만에 입원 문의를 하는 보호자 입장에서는 환자를 가려서 받는다고 오해를 하는 것도 이해는 간다. 그러나 병원이 일부러 환자를 안 받는 것은 아니니 침착하게 문의하도록 하자. 반드시 의사의 대면진단이 있어야 하고, 증빙서류를 제출해서 직계보호자 2인의 동의와 서명이 있어야 입원할 수 있다는 점을 정리해 밝힌다.

응급입원

정신질환자로 추정되는 사람으로서 자신의 건강 또는 안전이나 다른 사람에게 해를 끼칠 위험이 큰 사람을 발견한 사람은 그 상황이 매우 급박하여 제41조부터 제44조까지의 규정에 따른 입원 등을 시킬 시간적 여유가 없을 때에는 의사와 경찰관의 동의를 받아 정신의료기관에 그 사람에 대한 응급 입원을 의뢰할 수 있다.

(정신건강복지법 제50조 제1항)

보호의무자에 의한 입원이 어려운 환자는 이 입원 유형을 통해 입원할 수 있다. 입원문의가 오면 보호자 여부를 파악한 후 보호자가 환자를 컨트롤 할 수 없는지 확인하고 직계보호자가 아니라면 일단 경찰에 신고를 해서 공권력의 도움을 받으라고 안내한다.

경찰도 환자를 봤을 때 일반적이지 않은 정신병적인 문제로 보인다면 병원에 입원이 가능한지 문의를 넣는다. 응급 입원을 의뢰하는 것이다. 연락을 받은 병원은 그날 병동에 안정실이 확보되었는지 확인하고 당직 의사에게 상황을 알린다. 병원에서 입원할 여건이 되면 경찰이 환자를 데리고 오고 당직 의사 진료 후 정신병이 맞다고 판단되면 응급 입원이 이루어진다. 이 경우 환자는 경찰에게 설득당해 순순히 따라오는 경우도 있지만, 대부분은 왜 병원에 진료를 받으러 가야 되냐고 따진다.

진료 시에는 무슨 돌발 상황이 발생할지 모르기 때문에 진료실 안에 경찰이 대동하거나 원무과 직원이 환자 근처에 자리잡는다. 경찰이 출동할 정도의 경우라면 급박한 경우가 대부분이라 수갑을 찬 채로 오기도 한다. 의사의 오더로 응급 입원이 이루어지고, 응급 입원이기 때문에 입원 기간이 짧다. 3일간 입원할 수 있으며 보호자가 있으면 보호의무자 입원으로 전환할 수도 있다. 그래서 보호자가 환자를 못 데리고 오면 일단 응급 입원을 먼저 권한다. 서류가 없어도 되고 보호자도 반드시 다 올 필요가 없다. 하지만 응급 입원 이후 보호 입원으로 전환해야 한다면 서류 준비 후 보호자 두 명이 병원에 내원해야 한다.

이제 입원 유형을 알았으니 병원에 입원 문의할 때 "동의 입원 하고 싶은데요?"와 같이 원하는 입원 유형을 밝히며 문의하면 더 수월한 안내를 받을 수 있을 것이다.

입원비 궁금증 해결해드립니다

입원하고 나면 병원비가 궁금할 것이다. 정신병원은 한번 입원하면 장기입원으로 이어지는 경우가 많기 때문에 부담이 되는 것도 사실이다. 반대로 정신병원은 측은 입원료가 수입의 절반 이상을 차지하기 때문에 입원 환자를 유지해야 한다. 그래서 병원에서는 조건을 걸고 암암리에 병원비를 할인해주기도 한다. 이를 '약정금'이라고 부르는데 60만 원에서 30만 원까지 병원마다 금액은 조금씩 다르다. 모든 환자에게 적용되는 것도 아니다. 입원 문의 시 입원비가 부담된다고 하면 상담하는 직원이 입원료를 제시하는 경우가 있다. 입원 유치를 위한 불법적인 것으로 그리 떳떳한 병원은 아니라고 볼 수 있겠다.

그럼 건강보험 본인 부담률 부터 알아보자. 입원료는 크게 진료비_{병실료 포함}와 식대로 나눠진다. 진료비는 총액을 기준으로 본인 부담금이 20%, 식대는 50%이다. 금액으로 계산하면 하루에 대략 본인 부담금으로

25,000원 정도 발생한다.* 여기에 입원 일수를 곱하면 한 달 병원비가 계산된다.

건강보험 환자는 한 달 기준 70~90만 원으로, 먹는 약과 교육 프로그램 참여정도에 따라 금액 차가 발생한다. 매달 70만 원 이상이 생활비를 제하고 빠지는 거라 부담도 많이 되고, 정신질환자의 가족 특성상 유복하지 않은 보호자들이 많기 때문에 일부 병원에서 입원유지를 위해 약정금으로 50만 원 정도를 제시하고 입원을 유지시키는 병원이 많다.

이런 부담을 줄이기 위해 합법적인 할인도 받을 수 있다. 조현병 환자라면 산정특례를 통해 진료비의 10%만 부담하면 된다. 병명이 무엇인지 확인하고 조현병으로 확인됐을 경우 담당 의사에게 산정특례** 적용 가능 여부를 물으면 거의 대부분의 의사가 신청해줄 것이다. 절차가 까다롭지 않고 한번 신청하면 5년 간 유효하기 때문에 조현병 환자 보호자는 꼭 이 혜택을 받길 바란다.

신청을 망설이는 분들 중에는 건강보험공단에 신고가 되는 것이니 회사나 다른 사람들이 조현병인 걸 알게 되는 것 아니냐고 걱정하는 분들이 있다. 회사나 다른 사람들이 알게 될 가능성은 절대 없다. 다만 다른 병원에서 진료를 받을 시 산정특례가 등록되어 있다고 전산에 뜨기는 한다.

* 제시된 모든 금액은 2020년을 기준으로 저자의 경험에 기반한다.
** 암, 심장질환, 뇌혈관질환, 희귀난치질환 등 네 가지 질환 중 하나에 해당하면 병원을 이용할 때 본인 부담 비율을 크게 낮춰주는 제도이다. 조현병은 희귀난치 질환에 포함된다. 정신병원 입원 환자 중에서는 조현병 환자만 이용할 수 있는 제도이다.

그러나 어떤 산정특례로 등록되어 있는지 나오지 않고 숫자로만 떠서 오히려 병원 직원이 어떤 질환으로 산정특례를 받았는지 물어본다. 그래도 혹시나 하고 걱정해서 계속 건강보험으로만 진료를 받는 사람도 있다. 그러나 나중에는 오히려 산정특례 등록을 해 달라고 부탁을 하는 경우가 많으니 받을 수 있는 혜택은 받도록 하자.

예로 외래 진료를 받았을 때 건강보험으로는 5만 원의 진료비가 나왔다. 그런데 산정특례 등록이 되면 5천 원만 내면 된다. 신청을 안 할 이유가 있는가? 지역마다 다르지만 의사가 신청서를 작성해 주고 원무과에서 국민건강 보험공단에 온라인으로 신청하면 빠른 지역은 10분 만에 등록이 완료되니 너무 어렵게 생각하지 말자.

이 외에 건강보험 유형으로 '차상위2종', '차상위2종장애', '차상위1종'을 통한 할인 혜택이 있다. 의료보호환자 유형도 있다. 의료보호 환자 유형은 '보호2종', '보호2종장애', '보호1종'으로 나뉘며 뒤로 갈수록 본인 부담률이 줄어든다. 특히 보호1종 환자는 비급여˚를 제외한 모든 비용이 0%로 처리되므로 본인 부담금이 없다. 이상의 유형은 국민 중위소득 비율보다 50%미만인 가구이면 시·군·구청이나 행정복지센터에 신청할 수 있다. 때로는 정신병원 사회복지사가 환자의 사정을 알고 환자와 같이 시·군·구청 및 행정복지센터에 신청을 해 주기도 한다. 소득기준과 부

˚ 의료보험공단에서 보험 처리가 되는 급여 부분이 아닌 비급여 부분. 즉 보험처리가 안 된다는 뜻. 대표적인 비급여 항목으로는 각종보조도구(팔걸이, 목발), 파스, 기저귀, 영양제 등이 있다.

양의무자기준에 따라 시·군·구청 및 행정복지센터에서 유형을 결정해서 통보해 준다.

의료보호환자는 본인 부담 비용이 거의 없는 편이다. 보호2종은 정신병원 한 달 입원 시 15~20만 원 정도가 청구된다. 보호2종장애도 비슷한 비용이 청구되나 장애인 의료비 지원으로 10% 지원을 받아서 비급여를 사용하지 않는 이상 입원비가 없다.

보호1종은 입원비 본인 부담액이 0%로 입원비 수납을 하지 않아도 된다. 다만 비급여는 제외라 비급여 품목이 있다면 그 비용만 수납하면 된다.

할인 혜택 한눈에 보기

건강보험 유형의 본인 부담 비율

차상위2종	진료비 10%, 식대 20%
차상위2종장애	진료비 10%, 식대 20%
차상위1종	진료비 0%, 식대 20%

의료보호환자 유형의 본인 부담 비율

보호2종	진료비 0%, 식대 0%, 의료급여비용 10%
보호2종장애	진료비 0%, 식대 0%, 의료급여비용 10%
보호1종	진료비 0%, 식대 0%, 의료급여비용 0%

※ 1차의료급여기관 입원 및 2차 3차의료급여기관 입원·외래 진료시 본인 부담금은 전액 장애인의료비에서 지원된다.

• 국민건강보험 사이트에서 급여비용의 부담을 더욱 상세히 확인할 수 있다.
국민건강보험(https://www.nhis.or.kr/) 〉 정책센터 〉 국민건강보험 〉 의료급여

이상의 정신병원 입원비는 2차 정신병원에 준하는 것으로 3차 병원에서의 입원비는 더 많이 산정될 수 있다. 3차 병원 정신과에서 근무한 경험은 없어서 정확한 금액은 알 수 없으나, 종종 3차 병원에서 1달 이상 입원한 환자에게 병원비가 얼마 나오셨냐고 물어보면 적게는 150만 원에서 많으면 300만 원까지라고 들었다. 즉 2차 병원 입원 비용보다 두 배 이상 높다고 볼 수 있다. 다만 이 금액도 해당 병원에서 어떤 처방이 내려졌느냐에 따라 편차가 있다는 점을 밝힌다.

상태가 악화되면 재입원을 고려해주세요

정신병은 완치의 개념보다는 고혈압, 당뇨처럼 관리해야하는 병이다. 한 번 입원 치료를 받았다고 해서 모든 치료가 끝났다고 생각하면 안 된다. 언제든지 재발을 할 수 있고 상태가 악화될 수 있으므로 재입원을 고려하지 않을 수 없다. 재입원은 어떻게 이루어지는지 알아보자.

앞서 입원 유형에 대해 알았으니 이제 환자를 보면 어떤 입원으로 입원해야할지 먼저 고민해야 한다. 원무과에 근무하는 필자는 환자와 이야기를 해봐서 증상에 대한 자각이 있고 자신이 입원하기 전의 상태와 비슷하다고 생각하면 입원 치료를 받을 수 있게 설득이 가능하다. 설득이 되어 환자의 동의가 있으면 동의 입원으로 재입원을 하면 된다. 물론 최종적으로 의사의 허락이 있어야 한다.

다만 환자, 보호자는 환자가 입원에 호의적이고 스스로 입원을 원한다고 했으니 동의 입원으로 입원하면 된다고 생각했지만 주치의가 봤을 때는 보호 입원이 필요한 상태일 수 있다. 그럴 때는 환자 및 보호자와 다시 입원에 대해 면밀히 상담하여 조정하거나 주치의 지시에 따라야 한다.

주치의와 진료 후 입원 유형이 최종적으로 결정되면 원무과에서 입원 수속을 밟는다. 이때 입원 시 제출해야 하는 서류는 처음 입원했을 때와 동일하다. 재입원이니까 이전에 제출한 서류로 대체해도 된다고 생각하는 보호자들이 많다. 그러나 보호 입원은 새로 서류를 발급받아서 병원에 제출해야 한다. 자의, 동의 입원인 경우 재입원 텀term이 짧다면 먼저 번 서류로 대체가 가능하나 퇴원 후 3개월이 지났다면 새로 발급받아야 한다. 정신병원에서는 3개월 이내의 서류만 유효하기 때문이다. 상식적으로는 3개월 내에 가족관계가 변할 가능성이 낮지만 정신병원은 급격한 변화가 있는 곳이고 상식이 통하지 않을 때가 많다. 가족 이동과 해체도 빈번히 발생한다. 미성년자의 자녀가 새해가 되면서 성인이 되어 보호자 자격이 생기기도 한다. 어제까지 배우자였다가 배우자가 아니게 되는 경우도 있다. 이혼을 준비하는 과정에서 입원하는 경우가 있기 때문이다.

환자 의지로 인해 재입원이 힘든 경우도 있다. 주로 환자의 상태가 악화되어 입원을 거부하면서 시작된다. 환자가 "알았어. 나 상태가 나빠진 것 같으니 입원할게."라고 말하면 얼마나 좋을까? 대개는 입원 이야기를 꺼내면 바로 싫다는 대답이 나올 가능성이 높다. 처음에는 그저 거부로 끝나겠지만 계속되는 상태 악화로 하루라도 빨리 재입원 시키고 싶은 보호자들은 환자를 빨리 설득하여 병원에 데리고 가고 싶다. 문제는 재입원에 대한 말이 반복될수록 환자의 거부와 반감이 심해진다는 것이다. 말로는 거부를 해도 재입원을 염두하고 있었는데 계속되는 재입원 권유로 아예 입원에 대한 생각 자체를 접어 버리는 것이다.

이럴 때는 입원 치료를 설득하기보다는 조용히 서류를 준비하고, 입원보다는 외래진료를 보러 가자고 해서 병원을 방문하는 것이 좋다. 진료를 본 주치의 판단이 보호자와 다를 수 있으며, 약의 용량을 늘리는 것으로 끝날 수도 있다. 혹은 보호자들이 걱정하던 것과 같이 상태가 악화되어 재입원이 필요하다고 하더라도 미리 준비한 서류를 원무과에 제출하면 바로 재입원이 가능하다. 이때 환자의 상태에 따라 병원의 움직임이 달라지기도 한다. 환자 앞에서 입원에 대해 언급하기도 하고 심한 반발이 예상된다면 전화나 병원 내에 있는 메신저로 은밀하게 입원 오더가 나오기도 한다. 오더를 받으면 병원 전체 보호사들과 원무과 직원이 함께 환자를 케어하며 병동으로 올려 보낸다. 보호자들은 미리 피신시키는 편이다. 환자가 강압적으로 끌려 올라가는 것을 보면 마음이 아프고 죄책감을 느끼기 때문이다.

반면 재입원을 많이 반복한 환자의 보호자들은 환자가 자신을 보면 달려들 것이며 오해가 쌓인 상태이니 마주치지 않게 해달라고 요구하기도 한다. 정신병원 특성상 환자와 보호자가 마주치지 않게 설계된 병원도 있으니 환자를 만나는 일이 부담된다면 주저 없이 병원 측에 피신할 곳과 숨어있을 만한 곳을 요구하는 것이 좋다.

만약 환자가 병원으로 오는 것 자체를 거부한다면 사설 앰뷸런스 업체에 문의하는 것도 방법이다. 업체에 따라 정신병원 이송을 전문으로 하는 곳도 있다. 예전과는 달리 업체에서도 강제적으로 끌고 오지 않고 설득하여 이송해 온다.

악화된 상태가 심하여 자해 및 타해의 피해가 있다면 경찰에 신고하여 응급 입원을 해야 한다. 응급 입원 시 24시간 입원을 받는 병원인지 알아보고 가야한다. 경찰도 병원은 무조건 24시간 업무를 하는 곳인지 알고 무작정 데리고 왔다가 그냥 가는 경우도 있다.

정신병원은 일반 병원과 다르다. 응급실이 있는 곳이 전국적으로 손꼽을 만큼 적다. 게다가 응급실이 있다고 해도 응급 정신질환자를 위한 시설이지 다른 일반 응급 환자를 받는 응급실이 아니다. 즉 응급실에 응급 장비가 없다. 상주하는 직원도 없다. 응급실을 운영하는 게 아니라 정신질환으로 응급 환자가 오면 받는 장소 정도이다. 때문에 환자나 보호자가 심하게 다쳤다면 정신병원에서는 별다른 처치를 해줄 수 없다. 심한 신체적 피해가 있다면 2, 3차 병원 응급실로 가야 한다. 그곳에 정신과 병동이 있다면 그쪽에서 입원 수속을 하는 것이 좋고 없다면 상처를 치료 후 정신병원으로 와야 입원이 가능하다.

알코올 의존증 환자의 입원

앞에서 정신병적 문제 발생 시 입원을 설명했다. 더 알아보자면 정신병원에는 정신병적 입원 외에 중독증을 앓고 있는 환자도 입원할 수 있다. 그중 압도적으로 높기 비율을 보이는 중독증은 알코올 의존증이다. 고통받는 환자 본인과 보호자들을 위해서 알코올 의존증 환자의 입원과정을 알아보자.

병식이 있는 경우

술에 대한 의존도가 높고 자신의 의지만으로 술을 끊을 자신이 없는 사람이라면 스스로 입원을 신청하여 자의 입원 할 수 있다. 중독 초기에 치료를 결심하거나 가족들의 설득에 의해서 오는 경우가 가장 좋다. 하지만 자의 입원은 많지 않으며, 만성 알코올 중독자들이 여름에는 더위를 피해서 겨울에는 추위를 피해서 입원하는 경우가 대부분이다.

이런 환자들은 주로 수급권자이다. 술로 인해서 근로능력이 부족하다는 진단을 받고 보호자가 없으며 가진 재산이 국가가 정한 기준보다 낮을 때 주어지는 의료혜택이다. 1종으로 판정되면 입원해 있는 동안 병원비를 한 푼도 안 내도 된다. 의료급여수급자 혜택으로 국가와 지자체에서 모든 비용을 부담한다. 입원만 하고 있으면 나라에서 돈이 들어오기 때문에 병원에서도 굳이 입원을 막지 않는다.

예전에는 이 점을 노리고 일부러 노숙자들에게 접근하는 병원도 있었다. 길거리에서 이슬 맞으며 자지 말고, 숙식을 해결해 줄 테니 병원으로 가자고 픽업하러 다녔다. 안타깝게도 환자를 돈으로 보는 이런 일부 병원에서는 술을 끊기 위한 목적으로 데려온 환자에게 병원에서 오히려 술을 주기도 했었다.

이때 대우를 받은 환자들이 다른 병원에서도 같은 대우를 받으려고 큰 소리치는 경우가 많다. 일부 병원에서 얻은 혜택인데 다른 병원도 똑같다고 생각하는 것이다. 병원을 병원이라고 생각하지 않고 호텔이라고 생각하기도 한다. 그래서 정상적으로 운영하는 병원이라면 알코올 자의 입원을 받을 때 신중하다.

병식이 없는 경우

병식이 없기 때문에 환자 본인은 전혀 알코올 중독이 아니라고 생각한다. 입원할 필요도 못 느낀다. 문제는 가족들도 인지가 어렵다는 점이다. 가족들도 면담하면서 반신반의한다. 과연 술만 많이 마시는 것으로 입원이 가능한지 말이다.

법이 개정되기 전에는 담당의가 알코올 중독증이라고 판단되면 보호입원이 가능했다. 그러나 법이 개정된 지금은 단순히 술만 많이 마신다는 이유로 보호 입원시키기가 까다로워졌다. 우선 음주로 인한 2차적 피해가 있어야 한다. 실제로 보호 입원까지 생각하는 보호자들은 음주 후 환자가 폭언과 폭행을 일삼는 경우가 많았다. 다른 경우는 음주로 인해서 환자 본인의 몸 상태가 나빠지는 것이다. 술로 인해 뇌, 간 등 내부 장기에 손상을 입거나 몸을 주체 못하여 계속 넘어지는 등의 피해가 심해야 한다.

현재로써는 법 개정으로 입원시키기 힘들어진 만큼 환자와 지속적인 대화를 통해 동의 입원이라도 하는 방법을 찾는 게 좋다. 술을 마시지 않으면 그래도 온전한 정신이기 때문에 이때 설득을 많이 해 놓고 타협을 해야 한다.

방법을 못 찾으면 결국 가족이 해체되는 경우가 많았다. 50대의 환자가 알코올 중독 때문에 80대의 노모를 불러서 입원시키는 광경은 안쓰럽고 안타깝다. 노모는 자식이 술에 미쳐서 이 나이 먹도록 고생만 시킨다고 하지만 그래도 환자와 보호자 사이에 소통이 잘 이루어져서 입원하게 되는 게 더 좋다.

한 40대 환자는 이혼 문제로 알코올 의존증에 걸렸다. 입원 후 자녀들을 생각하고 독하게 금주했다. 그러나 다시 음주를 하고 입원과 퇴원이 반복되며 자녀도 팽개쳤다. 지켜보는 입장에서도 술에 인생이 파탄날 것 같았다. 그러다 다시 퇴원하게 되었고, 외래를 꾸준히 다니더니 3년 간 직장도 구해서 금주를 성공했다. 흔치 않은, 성공적으로 단주를 한 사례로 이후로도 외래를 꾸준히 나오며 약도 잘 먹는다. 환자 본인의 의지, 충동을 조절해 주는 약, 의사의 지지와 격려 3박자가 잘 맞는 경우다.

정신과 치료는 이렇게 계속 진행되는 게 중요하다. 특히나 알코올 중독은 금주 기간이 길어도 술을 한번 입에 대면 모든 게 다 무너진다. 알코올 중독은 술 자체에도 중독이 되지만 내가 봐온 환자들은 다 외로움에 술을 찾는 경우가 많았다. 혹시나 내 가족이 알코올 중독의 증세를 보인다면 따뜻한 관심을 갖고 너그럽게 감싸 안아주자.

지적장애인 환자(Mental Retardation)

다른 정신병이 경증이라면 병의 정도가 중증인 사람을 지적장애인이라고 할 수 있다. 다른 정신병들은 실제로 IQ가 낮을 확률이 크지 않다. 하지만 지적장애인은 실제로 IQ가 낮고 혼자서 일상생활을 하기 어렵다. 또한 선천적 원인으로 회복이 불가능하다. 이해가 쉽게 예시를 든다면 다운증후군이 있다. 이렇게 생물학적 원인으로 태생적으로 발생한다. 때로는 사고로 인해 뇌손상이 왔을 때 후천적으로 지적장애가 발생하는 경우도 있다. 이 경우에는 사고의 피해가 심해 다시 회복하기가 매우 어렵다.

지적장애인 급수는 3급부터 1급까지 있다. 간단히 살펴보자.

> **제3급** 지능지수가 50 이상 70 이하인 사람으로서 교육을 통한 사회적, 직업적 재활이 가능한 사람

연합뉴스, "전 야구선수 폭행에 뇌지능장애(2021.01.14. 강영훈 기자)" 사례도 있다.

제2급 지능지수가 35 이상 50 미만인 사람으로서 일상생활의 단순한 행동을 훈련시킬 수 있고, 어느 정도의 감독과 도움을 받으면 복잡하지 아니하고 특수기술이 필요하지 아니한 직업을 가질 수 있는 사람

제1급 지능지수가 35 미만인 사람으로서 일상생활과 사회생활에 적응 하는 것이 현저하게 곤란하여 일생 동안 다른 사람의 보호가 필요한 사람 °

다만 이 장애인 등급제는 2019년 7월 1일부터 폐지됐다. 내가 언급한 1~3급의 정의가 무의미해진 것이다. 대신 '장애 정도'라는 용어가 새로 생기면서 장애의 정도가 심한 장애인의 기준에 위 1~3급의 정의가 그대로 적용된다. 즉, 3개 등급으로 나누었던 높은 장애 등급의 환자를 장애의 정도가 심한 장애인으로 한데 묶어버린 것이며, 중증과 경증으로 명칭과 분류에 변화가 있었을 뿐 여전히 등급제의 기준을 사용하고 있다.

필자는 병원에 있으면서 3급은 많이 보았고 큰 문제도 없었다. 문제는 2급부터였다. 기존 급수의 정의에서는 특수기술이 필요하지 않은 직업을 가질 수 있다고 하지만 직접 경험해보면 통제가 힘들다. 병원에서도 **MR**Mental Retardation 환자라고 하면 바짝 긴장한다. 일단 말이 안 통하며 모든 걸 몸으로 표현하는 편이기 때문에 무슨 행동을 할지 모른다. 행동 조절이 안 되고 막무가내이기 때문에 힘도 세다. 그래서 병원 직원이 다 붙

° '장애정도판정기준' 보건복지부 고시 제2021-109호.

어야 한다. 안정실에 강박 후 주사처치를 하면 안정되기는 하지만 언제 다시 자, 타해 위험이 있는 행동을 할지 모르기 때문에 관리가 힘든 환자이다.

어떤 병원은 환자에 대해서 물어본 후 MR이라고 판단되면 자리가 없다고 하거나 인력 및 여건을 핑계로 받지 않는다. 이런 환자는 보호자도 다룰 수가 없어 기관에 있는 경우가 많다. 기관에서도 컨트롤이 안 되면 병원으로 오게 되는데 사실대로 말을 하면 병원에서 안 받아주니 거짓말을 하고 병원으로 온다.

입원해서 상태를 보면 직원들은 금방 MR인 걸 안다. 그럼 퇴원 조치를 취하는데 왜 환자를 가려서 받느냐, 진료 거부하는 거 아니냐 등 입원을 시킨 기관시설장과 다툼이 일어나기도 한다.

정신병원은 정신과만 있는 경우가 많다. 서로 협력할 다른 과나 직원들이 없다. 병원 전체 남자직원 전부 다 그 환자 하나만 상대해야 하는 일이 발생한다. 업무 마비 상태다. 규모가 어느 정도 있는 정신병원도 해결하기 힘들다. 오죽하면 병원에서 안 받으려고 하겠는가? 해당 병원에서 받아줄 수 없는 여건이면 다른 병원을 알아보는 것이 빠르다.

03

병동 생활이
궁금해요!

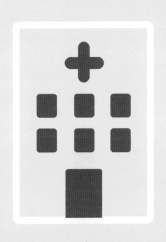

병동 내부를 보고 싶어요

정신병원의 병동은 크게 폐쇄병동과 개방병동으로 나뉜다. 폐쇄병동이 우리가 일반적으로 알고 있고 영화에서도 종종 보이는 그 병동이다. 개방병동은 일반병원 병동과 크게 다른 점이 없다.

문제는 병동에 있는 사람들의 질병이다. 특히 폐쇄병동은 정신적, 육체적으로 본인의 의지와 상관없이 충동적인 행동을 할 수 있는 여지가 높기 때문에 폐쇄병동에 있는 것인데, 여기에 외부인이 접촉하게 된다면 증상이 심한 환자가 어떤 행동을 할지 예측할 수가 없다. 또한 증상에 따라 틱장애가 있는 환자도 있고, 조현병 음성 증상으로 인해 자기관리가 잘 안되어 개인위생이 현저히 떨어진 환자도 있다. 병동에 있기 때문에 약을 세게 써서 부작용이 있는 환자도 외부인이 보면 굉장히 놀랄 모습이다.

이런 일반적이지 않은 광경을 한눈에 보게 되면 병원 시설이 아무리 좋다고 해도 보호자들은 입원을 꺼리게 된다. 이런 심리를 잘 알기 때문에 정신병원에서는 병동 오픈을 하지 않는다. 시설이 좋은 곳도 오픈하지 않는데, 시설이 열악한 곳은 말할 필요가 있을까? 정신병원 사이트에서 병동 사진을 올려놓은 곳이 있는데 대부분 A급 장소와 시설만 찍어서 올려놓았다. 보호자 중에 어떤 분은 사이트에 올려놓은 사진을 보고 믿고 갔는데 사진과 아예 달랐다고 필자가 제직한 병원도 그렇지 않은지 물었던 적이 있다.

　폐쇄병동은 말 그대로 폐쇄적이다. 폐쇄병동의 구조는 병원마다 조금씩 다른데 일반적으로 간호사실이 센터에 있거나 한쪽 구석에 위치한다. 원무과 직원으로 있으면서 개방 병동은 열쇠 없이 부담을 가지지 않고 올라간다. 하지만 폐쇄 병동은 열쇠부터 챙겨야 하고 웬만하면 올라가고 싶지 않다. 직원도 이런 심정이니 보호자에 보여줄 엄두가 안 난다.

　눈으로 보여줄 수 없으니 말로 대신 표현해 본다. 폐쇄병동은 남자병동과 여자병동으로 나뉘어 있다. 성별이 다른 만큼 병동에서도 차이를 보인다. 남자폐쇄병동은 문을 열고 들어가면 일단 냄새부터 난다. 이 냄새를 어디서 맡아 봤나 곰곰이 생각해 본다. 옛날 시골 시장의 땀내 베긴 냄새인가? 지하철 노숙자들에게서 나는 냄새인가? 모르겠다. 뭔가 독한 약 냄새가 나는 것 같은데 알코올 냄새는 아니다. 생전 처음 맡아 본 냄새에 '오늘만 그렇겠지…. 다음에 올라오면 이 냄새가 나지 않을 거야.'라고 자신을 다독여본다. 그러나 며칠 후 올라가도 그 냄새는 그대로 난다. 이 냄새를 보호자들이나 다른 사람들에게 맡게 하고 싶지 않다. 여자폐쇄병동은 그나마 냄새에서 자유로운 편이다. 냄새가 안 난다기보다는 샴푸향이 강하게 나서 다른 냄새들이 많이 묻힌다. 폐쇄병동에 들어가면 시각보다 후각에 더 큰 자극이 들어오기 때문에 후각적 상태를 먼저 설명했다.

병원에 따라 개방병동에 한해 병동 내부를 확인 가능한 병원이 있다. 개방병동을 보면서 폐쇄병동 구조도 추측할 수 있으니 정 안 된다면 개방병동이라도 보여 달라고 하자. 개방병동마저 보여주지 않는다면 필자가 폐쇄병동 보여주기 찝찝한 것처럼 무언가 켕기는 게 있는 병원이다.

개방병동은 증상이 좋아져서 퇴원하기 전 단계에 있는 환자들이 있는 곳으로 재활병동이라 봐도 된다. 약만 잘 먹으면 일반인들과 다르지 않다. 병원이기 때문에 약은 다 먹고 그만큼 병동 내부도 안전하다. 그런데 이마저도 보여주지 않는다면 문제가 있는 병원이다.

환자들의 프라이버시를 내세워 내부 확인이 안 된다고 하는 병원도 있을 것이다. 맞는 말이다. 하지만 핑계이기도 하다. 예를 들어 개방병동은 특성상 알코올 중독증으로 입원한 환자들이 많다. 알코올중독자 환자들은 술을 마시지 않으면 정신병적 증상이 없는 일반인과 같다. 개방병동에 있으면 술에 대한 제약이 크기 때문에 대부분 조건부 일반인이라 생각해도 된다. 개방병동이라 병원 근처에 잠깐 나가거나 몇 시간씩 외출을 끊고 나가는 환자가 많아서 막상 개방병동에 가보면 입실한 환자가 많이 없다. 따라서 굳이 숨겨야 할 필요가 없는 병동이다. 그러니 폐쇄병동 입원을 고려하고 있다면 입원상담 및 병동을 안내하는 직원의 태도를 보기 바란다.

어떤 환자가 병실에 입원해 있나요?

병원은 한 사람만을 위한 장소가 아니다. 반드시 타인과 같이 생활해야 한다. 서로 다른 증세를 보이는 환자가 한데 모이면 불상사가 일어날 수 있고, 병원 차원에서도 관리가 쉽지 않으므로 대체로는 앞서 소개한 3대 질병으로 크게 나누어서 입원자를 관리한다. 그래서 한 병실에 조현병 환자만 있기도 하고, 우울증 환자만 있기도 하다. 3대 질병 외 질병으로 알코올 중독증, 치매환자도 있다. 주로 정신계 병동과 중독증계 병동으로 나누어 관리가 이루어지는 편이다. 치매환자는 정신계 병동에 속한다. 주로 나이가 많은 60대 이상의 고령의 치매환자가 많다. 다른 정신계 병동 환자 수에 비해 치매환자 수는 많지 않다. 치매는 요양병원에서도 입원이 가능하며 정신과 치료가 반드시 필요한 치매환자만 정신병원에 입원하여 치료 받는다.

병명과 증상이 같다고 해도 평화로운 병실이 유지되는 것은 아니다. 살아 온 환경과 성격들이 달라서 다툼이 일어나고 심하면 욕설 및 싸움까지 일어날 수 있다. 그 때문에 각 방에 다른 증상의 환자들이 있기도 하다. 꼭 증상에 따라 병실을 나누지는 않는다는 뜻이다. 실제로 증상이 다르더라도 성격이 맞고 궁합이 좋으면 별 탈 없이 병실 생활이 이루어진다. 전혀 어울리지 않을 것 같은 조합인데 막상 병실 생활을 같이 하다 보니 서로가 친해지는 경우도 많다.

어떤 보호자들은 우리 애는 급하게 안 좋아져서 입원했을 뿐이니까 만성 정신병으로 오래 입원한 환자와 같이 있으면 더 위험해지지 않을지 걱정한다. 과연 입원 환자와의 관계가 증세에도 영향을 미칠까? 각 질환별로 입원 시 병실에서 어떻게 생활하는지 살펴보자.

첫 번째로 조현병 환자이다. 조현병은 첫 발병 시 이상하고 무서워 보이며 치료로 낫는 병인지 의심이 들 정도이다. 그러나 입원하여 환자에게 잘 맞는 약을 먹으면 오히려 증상 완화가 빠른 편이다. 하루 지나면 대부분 안정되며 큰 소동 없이 병동 규칙을 잘 지키며 생활하는 경우가 많다.

다만 조현병 특성상 허공에 대고 이야기 하는 경우가 많으며 환시와 환청을 보이기도 한다. 약을 강하게 먹거나 부작용이 있는 환자라면 신체적으로 눈이 돌아가거나 손 떨림이 있기도 하다. 그럼에도 타인에게 위해가 되는 행동을 일으키는 경우는 드물다. 최악의 경우 저 사람이 자기 욕을 했다고 착각하고 폭력을 행사하기도 하지만 그렇게 잦게 일어나는 일은 아니다. 오히려 음성증상을 보이는 환자는 자기관리를 하지 않고 잠만 자기 때문에 이렇다고 할 문제를 만들지 않기도 한다.

두 번째로 양극성정동장애 환자이다. 조증이 광적으로 올라온 상태

매니악에서는 조현병 환자로 보이기도 한다. 진단이 어려운 만큼 약을 먹었을 때의 치료 효과도 적다. 심하면 안정실에서 하루 넘어 격리되어 있기도 하다. 매니악한 행동이 줄어들면 일반인처럼 보인다.

다만 성격이 극단적인 측면이 있어서 갑자기 화를 내기도 한다. 망상이 있어서 자기 위주로 생각하고 자기주장이 강한 편이기도 하다. 그 때문에 병동 내 다른 사람들과 트러블이 많기도 하지만 자기와 반대되는 사람이 없다면 별 문제 없이 병실생활을 한다. 아울러 활발한 편으로 병동 내에서 이루어지는 활동을 주도한다. 다만 조현병 음성증상과 같이 조울증 상태일 때는 의욕 없이 지낸다. 말도 잘 하지 않고 침대에 누워 있는 시간이 많다.

세 번째로 우울증 환자이다. 자살을 시도할 정도로 우울증이 심한 환자가 아니라면 환자 본인도 입원의사가 있어 들어온 환자이기 때문에 병실생활은 대체로 원활한 편이다. 무기력하게 침대에만 있거나 마음이 맞는 환자와 로비를 거닐며 대화를 나누기도 한다. 때때로 본인의 마음에 들지 않는 일이 생겼을 때는 갑자기 울음을 터뜨리는 모습을 보인다. 일부 입원자는 단순 우울증으로 가볍게 입원했다가 자신은 다른 정신병 환자들과는 다르다는 생각에 몇 주 동안 그 누구와도 이야기를 하지 않고 대화 없이 지내기도 한다.

이상으로 대표적인 질환을 가진 환자들의 평균적인 병동생활 모습들을 알아봤다. 여기에 더해 각자의 개성에 따라 더 다양하고 넓은 스펙트럼을 가진 모습을 보일 수도 있다.

때때로 보호자들은 우울증, 불면증과 같이 상대적으로 증상이 약한 사람들과 같은 병실을 배정해달라고 요청하기도 한다. 가장 문제가 없을 것 같다는 이유에서이다. 그러나 우울증이라도 성격이나 생활 패턴이 맞지 않으면 분란이 일어날 수 있다. 더군다나 병동에 입원한 환자들은 자신의 이상 증세를 치료받기 위해 모인 이들이다. 그러므로 저 질환을 가진 사람은 피해야 한다며 무조건적으로 거리를 두기 보다는 병이 나아지고 있는 사람이라는 측면에서 봐야 한다.

병원에서도 환자들이 서로 잘 지낼 수 있는 방법을 찾고자 노력한다. 여러 환자의 증상과 캐릭터를 생각하여 병실을 정한다. 매번 일이 있을 때마다 병실을 계속 바꿀 수도 없다. 입원은 공동체 생활이라는 걸 감안해야 한다. 건강한 치료적 공동체가 되는 길은 보호자의 욕심보다는 협조에 달려있다.

그럼에도 불구하고 꼭 병실을 바꿔야 할 필요가 있다면 세 가지 방법이 있다. 첫 번째, 담당 주치의에게 이러저러한 이유로 반드시 병실을 바꿔야겠다고 설명한다. 그 설명을 듣고 주치의가 병실을 바꿔야할 타당한 이유라고 생각되면 병실을 바꿔준다. 다만 병동 사성에 따라 딜레이가 발생할 수 있다.

두 번째, 간호사실에 전화하여 병실을 바꿔야겠다고 문의한다. 첫 번째 방법과 같이 이유를 말하면 된다. 차이점은 병실 이동에 대해 주치의에게 확인을 받고 허락이 떨어져야 이동이 가능하다는 것이다. 실질적으로 가장 빠르고 편한 방법이다.

세 번째, 원무과에 말한다. 보호자들이 가장 많이 만나게 되는 병원 직원이 원무과 직원이다. 만나게 된 김에 병실을 바꾸는 문의를 많이 준다. 원무과에서는 바로 병실을 바꿀 수 있는 권한이 없기 때문에 원무과 직원이 대신 첫 번째, 두 번째 방법을 보호자 대신 해주게 된다. 단계를 거치게 되는 만큼 처리까지는 가장 오랜 시간이 걸린다.

병원문화가 수평적 구조로 바뀌어야 한다고 하지만 사실 가장 수직적 구조가 심한 단체가 아닌가 생각한다. 간호사, 원무과 직원이 병실 바꿔 달라는 합당한 요구를 해도 주치의 판단에 합당하지 않으면 그 요구는 그대로 무산된다. 환자의 상태와 연관이 있는 만큼 환자에게 문제가 있을시 가장 큰 책임을 가지고 있어서 그렇겠지만 의사의 권한은 절대적이다. 그래서 왜 병실을 안 바꿔 주냐고 원무과와 간호사에게 따지면 안 된다. 주치의와 상의를 해야 한다.

그럼 첫 번째 방법이 제일 빠른 방법이 아니냐고 반문을 할 수 있다. 주치의만 만난다면 제일 빠른 방법이 맞다. 하지만 주치의는 바로 만나기 힘들다. 정해진 스케줄에 따라서 환자와 보호자를 만나기 때문이다. 전화 연결도 다이렉트로 되지 않고 간호사실이나 원무과를 통해야 한다. 병원 규칙 상 주치의와 통화 연결을 제한하는 병원도 많다. 그래서 두 번째 방법을 추천한다. 병실 사정을 의사보다 더 잘 알고 있고, 병실 바꾸는 이유가 타당하면 바로 주치의에게 보고하여 허락을 받으면 바로 옮길 수 있는 권한이 간호사에게 있기 때문이다.

정신병동에는 알코올 의존증 환자도 있습니다.

앞선 글에서 병실에 있는 환자들과 병동 이동에 대한 이야기를 꺼냈다. 그 외에도 때로는 주정뱅이나 노숙자가 병동에 있다는 불만이 접수되기도 한다. 알코올 중독증 환자를 말하는 것이다. 이들은 특히 취한 상태에서 폭력성이 강해져 보호자들이 환자를 더 이상 컨트롤할 수 없을 때 입원하는 경우가 많다.

대부분은 어느 정도 술을 마신다. 영업 등 업무 특성상 매일 술을 마시는 사람도 있다. 매일 술을 마시니 중독이 아닌가 의심된다. 정신병원 직원들도 사람이고 하나의 조직이기 때문에 술자리를 갖는다. 그러다 누군가가 많이 취하면 알코올병동으로 입원시키라고 농담하기도 한다. 그만큼 알코올 중독은 어떤 경우에 입원시켜야 할 정도인지 가늠하기가 힘들다.

기준은 하나, 술 조절능력이다. 예시로 술을 마시면서도 정상적인 직장생활을 할 수 있느냐를 물을 수 있다. 술 때문에 직장생활을 못 하고 일상이 망가져 버렸다면 그때부터는 심각하게 받아들이고 입원을 고민해야 한다. 폭력성을 얼마나 조절하는지도 살펴봐야 한다. 취했을 때 반드시 폭력적으로 변해서 주위 사람들을 힘들게 한다면 그것도 입원 대상이다.

이런 알코올 중독 환자들은 일반 병원에서는 감당이 되지 않아 받아주지 않는다. 그래서 구속력이 있는 정신병원에 입원한다. 질병명에도 '알코올 의존증후군'이 규정되어 있으므로 정신의학과에서 치료할 수 있는 병이다. 즉 알코올 중독자를 정신병원에 강제 입원 시킬 수 있다는 것이며 그래서 알코올 환자가 정신병원에 있는 것이다.

그런데 보호자들은 알코올 환자가 병동에 있는 것을 이해하지 못한다. 그러니까 취한 채로 자기 관리를 제대로 하지 못해 늘어진 몰골의 알코올 중독 환자를 보고는 노숙자가 입원해 있다고 생각해버리는 것이다. 실제로 첫 입원 때는 그런 몰골로 입원하기도 한다. 그러나 입원해서 밥을 챙겨 먹고 술이 깨면 일반인이다. 술에 취해 씻지 않고 수염도 안 깎아서 지분한 얼굴이 술 깨서 정신이 돌아오면 깨끗이 씻고 면도도 하기 때문이다. 한번은 엄청난 거렁뱅이 모습으로 들어왔다가 1주 만에 퇴원한 환자가 있었는데, 너무 말끔해서 크게 충격 받았던 적이 있다. 대체로 빠르면 일주일 안으로 일반인으로 돌아온다.

병동 생활도 잘하는 편이다. 책을 보며 사색하는 경우가 많다. 퇴원 후 어떻게 지낼지 목표를 작성한 리스트를 보면 비전이 높은 사람도 있다. 술만 마시지 않으면 사람 구실은 한다. 먼저 나서서 병동 내 이러저런 소일 등을 봉사활동 차원에서 지원하기도 한다. 정신병원은 인력이 적어 일손이 부족한 경우가 많다. 그럴 때 가장 많이 도움을 주는 것도 이 환자군이다. 사건 사고가 터졌을 때 개인적으로 도움 받은 적도 있어 지금도 고맙게 느껴진다.

　때로는 오히려 알코올 환자들이 불만을 토로하기도 한다. 우리가 왜 정신병 환자들 하고 같이 있냐고 따지는 것이다. 그래서 대부분의 정신병원은 정신과 병동과 알코올 병동이 나눠진 경우가 많다. 다만 정신병원 특성상 병동이 가득 찬 상태로 돌아가는데, 정신과 병동에 자리가 없어서 우선 알코올 병동으로 입원하기도 한다. 반대로도 마찬가지다. 그래도 입원하지 않는 것보다는 입원하는 것이 좋다.

그 물건은 왜 가져갈 수 없나요?

병동에는 소지 불가능한 품목이 있다. 타인에게 위협이 될 만한 물건들은 다 안 된다. 자신을 해할 가능성이 있는 물품도 소지하면 안 된다. 몸에 있는 장신구들도 안 된다. 보호자들이 보내주는 옷에 끈이 달려 있다면 끈을 빼야 반입할 수 있다. 끈으로 목을 매어 자살시도를 할 수 있기 때문이다. 실제로 환풍구 통에 끈을 넣어 자살시도를 하는 환자를 발견하여 제지한 적이 있다.

가지고 왔다가 다시 반납되는 경우가 많은 물품은 화장품이다. 화장품이 안 되는 것은 아니나 화장품 담는 용기가 병으로 된 경우가 많기 때문이다. 병이 아닌 튜브형은 반입할 수 있다.

단체생활에서 가장 위험한 것이 무엇일까? 불, 바로 화재다. 그렇기 때문에 담배 피는 환자가 많음에도 불구하고 라이터는 반입이 되지 않는다. 보호자들은 라이터 없이 어떻게 담배를 피냐고 많이들 가지고 오는데 절대 안 된다. 라이터는 병동 내 간호스테이션에서 간호사와 보호사가 관리

한다.

또한 흡연실을 활용하기도 한다. 대체로 병원 직원이 상주할 수 없기 때문에 철사 줄에 철로 된 잠금장치가 달린 고리에 라이터를 매달아둔다. 병원 직원이 없어도 환자가 원하는 때에 담배를 필 수 있도록 마련한 것이다. 인력이 부족한 정신병원 여건 상 많은 정신 병원이 이렇게 흡연실을 만든다.

환자가 학생이라면 입원 중에도 학업을 유지해야 하는 경우가 있는데 이때 샤프나 볼펜은 반입이 금지된다. 끝이 쇠로 된 물건이기 때문이다. 연필은 허용된다. 연필깎이는 간호사 스테이션에 있다. 병실로 가져가서 사용할 수 없으며, 스테이션의 작은 창문을 열어서 깎은 다음 사용한다. 그 외 개인위생물품 중 위험한 면도기, 손톱깎이 등은 간호 스테이션에서 보관하다가 개인정비 시간에 사용하게 한다.

보호자들이 환자를 위해 음식을 가져오기도 한다. 그 중에 절대 반입이 안 되는 음식은 떡이다. 떡은 질식의 위험이 매우 높기 때문이다. 뼈나 껍데기가 있는 음식도 안 된다. 너무 빨리 상하는 음식도 안 된다.

입원 전 자유롭게 생활할 때 항상 칼을 지니고 있는 환자도 있으므로 정기적으로 사물함을 검사한다. 환자가 병동 밖에 나갔다가 들어왔을 때도 항상 신체나 가방 등을 검사하는데, 그 과정에서 기억에 남았던 환자 수법 몇 가지를 소개한다.

한 알코올 중독증 환자는 외출 후 옷 안에 팩소주를 탄띠처럼 테이프로 붙여서 둘러메고 들어왔다. 장기입원이고 모범적인 생활을 한 환자였기 때문에 한동안 몸수색을 하지 않아서 발생한 일이다. 그 이후 그 환자가 가지고 들어오는 모든 물병이나 음료수를 열어서 냄새를 맡고 들여보냈다.

브래지어 안에 면도칼과 눈썹정리 칼을 넣고 들어온 환자도 있다. 병동 안에서 손목을 그었는데 날카롭게 베인 상처가 있어서 추궁하니 브래지어 안에 넣어서 들여왔다고 실토한 사례다.

브래지어 안에 약을 숨겨서 들어온 사례도 있다. 정신병원은 약을 주기적으로 먹고 반응을 체크하는데 개인적으로 섭취하는 약이 지금 먹고 있는 약과 궁합이 안 맞을 수 있고 병용해서는 안 될 약일 수도 있기 때문에 금지한다. 특히 이 환자는 향정신성 약을 숨겨서 들어와 파장이 더 컸다.

정신병원에서는 금지되는 물건이 많다. 기본적으로 날카롭고 뾰죽하며 위해 가능한 물품으로 보이거나 느껴지면 무조건 금지다. 자신과 타인을 해칠 위험성을 최대로 낮추기 위해 입원했으니 그런 도구들이 전면금지 되는 건 당연한 규칙이다. 여러모로 규제된 생활이 불편할 것이다. 그러나 편리하려고 입원하는 게 아니라 질병과 마음의 상처를 치료하러 들어왔기 때문에 감수해야할 치료의 과정이다.

우리 아이 감금되는 건 아니죠?

정신병원 하면 어떤 생각이 드는가? 대부분은 감금이라는 단어를 쉽게 떠올릴 것이다. 누구도 들어가고 싶어 하지 않고, 들어가면 나올 수 없는 곳. 그곳이 바로 정신병원이다. 우리 애가 정신병원에 입원했으니 당연히 드는 생각은 애가 병동에 들어가서 어디 감금되어 있는 거 아닌지 걱정이 깊다.

정신병원에 입원해 있는 이상은 감금되어 있는 것이 맞다. 하지만 병동은 감옥이 아니다. 홀도 있고 각자 3~5인실, 7인실 많게는 10인실 병실이 있다. 간호사실도 병동 안에 있다. 문제는 환자가 흥분했을 때 통제 가능한 병실이다. 흥분했을 때 환자를 격리 및 안정시키기 위한 병실이 바로 안정실이다.

안정실은 입원 환자치료의 일환으로 환자가 응급 상황_{자·타해 또는 심한 손상을 초래할 수 있는 상황}으로 진행되는 것을 방지하기 위한 치료 또는 임상적인 상태의 조절을 위하여 제한된 공간에서 일정시간 동안 행동을 제한하는 것을 말한다. 주로 첫입원시 환자가 흥분하고 적응을 잘 못하는 경우 보호관찰하기 위해 안정실에 들어간다. 안정실은 작은 방에 침대 하나만 있고 아무것도 없다. 환자에게 어떠한 자극도 가해지지 않는 공간과 상황을 만들어 주는 것이다.

안정실에 들어가면 환자에게 가해지는 자극이 최소화되고, 안정실 위치가 간호사실 안에 있거나 최단 거리에 있기 때문에 환자 관찰도 쉽고 처치도 빠르게 이루어진다. 그래서 대부분은 안정실에 들어가는 것만으로도 안정이 된다. 안정이 되면 간호사가 환자를 파악한 후 빠르면 1시간 늦어도 24시간 내에 일반 병실로 안내하여 병실 생활을 하게 한다.

문제는 안정이 되지 않았을 때이다. 안정실 안에서도 흥분을 가라앉히지 못하여 간호사나 보호사들에게 육체적으로 피해를 입히거나 문을 부술 정도로 계속적으로 두드리면 자해, 타해 위험성이 크기 때문에 당직의사에게 보고 후 강박지시를 받는다.

강박지시를 받으면 주로 양손, 양발을 억제대로 침대에 묶어 강박한다. 두 군데 강박 시 2Point라고 하는데 네 군데를 강박하는 경우가 많으므로 4Point 강박을 주로 실시한다. 더 나아가 5Point에서는 상체를 일으키지 못하게 가슴부위를 강박하기도 한다. 강박까지 되면 대부분의 환자들이 잠잠해 진다. 그래도 강박된 것을 풀고자 몸을 계속해서 움직이는 환자도 있는데 이럴 땐 안정제 주사 처방까지 내려진다. 상태에 따라 일련의 조치를 취하고 나면 거의 모든 환자들이 진정하고 시간이 지남에 따라 점점 안정을 되찾아간다.

입원시 환자가 거부 없이 순순히 병동으로 갔다면 절차상 안정실에 갔다가 바로 병실로 가고 입퇴원 경력이 있는 환자는 바로 병실로 가기도 한다. 환자의 거부가 심했다면 100% 안정실로 가며 격리 시간을 거쳐야 한다. "감금되나요?"라는 질문에 대한 답은 감금이 된다기보다는 환자가 흥분 상태에 있기 때문에 안정된 상태를 만들어 주기 위해서 안정실에 있다가 안정을 취한 뒤 병실로 가는 것이라고 설명할 수 있겠다.

폐쇄병동에서는 밖에 못 나가요?

폐쇄병동에 있으면 답답하지 않을까? 바깥바람도 쐬러 나가야 할 것 같은데 가능할까? 비록 자유롭게 행동할 수 없지만 가능하다. 병원마다 규정이 조금씩 다를 것 같은데 대부분 3회 정도 산책시간이 있다. 병동 활동 시간표에 포함되기도 한다.

옥상에 정원을 꾸며놓은 병원이면 옥상에서 산책하기도 하고 병원 내 산책할 수 있는 공간이 있다면 그곳에서도 거닌다. 주로 간단한 체조를 하거나 주위를 둘러보며 걷는데 흡연자는 이 시간에 담배도 피운다. 다만 산책은 횟수가 정해져 있다. 그래서 정해진 시간 내에 최대한 담배를 많이 피우기 위해서 줄담배를 피우는 흡연 환자가 많다. 그 외의 환자는 주로 친한 사람끼리 바깥공기 마시며 대화를 나누면서 쉬는 경우가 많다. 안에서만 생활하는 답답함을 어느 정도 해소를 시켜주는 시간인 것이다.

정신병원에는 정신건강의학과만 있고 다른 과는 없는 경우가 많다. 그렇기 때문에 환자가 다른 과적으로 아프면 병원을 나가서 진료를 받고 와야 한다. 이렇게 다른 과 진료를 받기위해 밖으로 나가는 것을 외진이라고 한다. 자의 입원인 경우 본인의사로 입원한 것이기 때문에 스스로 외출을 신청하여 나갔다 올 수가 있다. 보호 입원의 경우 본인의사 없이 입원이 된 것이기 때문에 밖으로 나가면 도주의 위험이 있다. 그렇기 때문에 병원직원과 같이 나가서 진료를 받고 들어온다.

도주가 발생할 위험이 높으면 외부로 절대 나가게 하지 않는다. 부득이하게 나가야 하는 상황이 발생하면 직원이 더 붙어서 나간다. 이렇게 감시가 철저하면 도주할 위험이 크게 줄어든다. 오히려 협조적이어서 큰 경계를 하지 않았다가 도주하는 사례가 많다. 그래서 환자가 외부로 나가야 하는 일이 발생하면 항상 보호자에게 도주위험성에 대해 고지한다.

치료적 차원에서 외출과 외박을 하는 경우도 있다. 입원해서 경과가 좋으면 약을 조절하고 조절된 약으로 병동 생활이 원활하면 집에서 가족들과 있었을 때에도 괜찮은지 알아보기 위해 퇴원 전 외출이나 외박을 시행하여 환자가 퇴원해도 되는지 여부를 판단한다. 몇 번 외출, 외박을 경험한 후 주치의가 퇴원해도 좋겠다는 판단이 들면 퇴원일자를 잡는다.

입원한지 오래 된 만성장기입원 환자는 보호자들이 주기적으로 외출, 외박을 신청하여 환자의 마음을 달래주고 상태를 살피기 위해서 밖으로 나갔다가 온다. 환자, 보호자가 입원에 자연스러워진 형태로 입원이 삶의 일부가 된 모습니다. 외출, 외박을 갔다 오면 병동 생활을 한동안 무난하게 지낸다. 다만 보호자가 사정이 생겨서 외출, 외박을 시키러 오지 않는다면 병동 내에서 일부러 행패를 부리기도 한다.

답답한 병원 생활에 위안이 되어주는 것이 외부로 나가는 것이다. 단기 입원 예정이라면 굳이 외부로 나가지 않아도 된다. 하지만 예상과 반대로 장기 입원이 된다면 환자의 상태에 따라 같이 병원 외부로 나갔다 오는 것도 하나의 방법이 되겠다.

이때 보호자들이 간과해서는 안 되는 것이 있다. 꼭 환자와 같이 붙어 있어야 한다는 것이다. 증상이 좋아져서 외출, 외박을 한다고 하더라도 병동에 있었을 때 밖에 나가면 뭘 하겠다고 다짐했는지 알 수가 없다. 환자들은 밖에 나갈 일이 있으면 무슨 일이든 하기 때문에 속마음을 주치의에게 다 말하지 않는다. 즉 좋아 보이기 위해 가장(Fake)을 한다는 말이다. 거짓호전으로 보호자가 곁에 없다면 무슨 일을 할지 모른다. 환자 본인도 모른다. 그러니 환자와 24시간 붙어있을 수 없다면 외출은 몰라도 외박은 미루도록 하자.

실제로 외박을 나갔다가 계획된 일자보다 더 일찍 귀원하는 경우가 많다. 환자 자신이 나가면 좋을 줄 알았는데 막상 자유가 주어지니 통제가 안 되고 들뜬 마음에 계획에 없던 행동을 보인 것이다. 또한 오랫동안 병원에 있다가 보호자와 나왔는데 그 짧은 시간마저 보호자가 함께 있어주지 못하면 환자 자신이 중요하게 생각되지 않으며 있으나 마나한 존재가 된 것 같다는 생각에 자존감이 낮아진다. 자존감 결핍으로 자해를 시도하기도 하고 심하면 자살로 이어진다. 운이 좋아서 보호자가 발견하거나 환자 본인이 정신을 차려서 이러면 안 되겠다고 생각되어 병원으로 더 빨리 귀원하는 것이다. 이렇게 귀원하면 주치의도 환자에게 배신감을 느낀다. 의사도 사람인지라 어떤 질책과 추궁을 할지 알 수 없다. 당분간 외출, 외박이 금지되는 건 당연한 수순이다.

　병원 밖에 있으면 병원 안쪽의 현실을 모르고 안에 있으면 밖의 현실을 모른다. 점점 외출, 외박을 반복하여 그 격차를 줄이는 것이 정신병원의 역할 중 하나이다. 병원 안에 있으나 밖에 있으나 건강한 정신활동을 할 수 있다면 곧 새로운 눈으로 사회를 향해 한발자국 더 나아갈 수 있을 것이다.

밥은 제대로 나오나요?

정신병원이 아닌 여러 병원에 근무한 경험으로 이야기 하자면, 식사의 질은 각 병원의 서비스 정신에 달린 것 같다. 먹는 것만큼은 잘 먹어야 한다는 병원이라면 매일 점심시간이 기다려 질 정도로 다양한 메뉴가 뷔페식으로 나온다. 돈 벌이에 급급하여 식사에서도 비용을 절감하려는 병원이라면 배만 채우기 위해 먹는다. 요즘은 다 적절한 수준의 식사를 제공하지만 차이가 없지는 않다.

밥은 어떻게 먹을까? 베드 즉 침대가 없는 병실이라면 로비에 큰 식탁을 펴고 그곳에서 배식하여 먹는 경우도 있다. 요즘은 다 각자 침대가 있으니 환자 침상에 식사 받침대를 내려서 식사한다.

정신과 특성상 밥을 더 먹으려는 환자가 있고, 아예 안 먹으려는 환자가 있다. 더 먹으려는 환자는 식사시간 10분 전부터 나와서 먼저 식판을 받으려고 문 앞에서 기다리고 있다. 안 먹어서 체중 감량이 많이 된 환자는 간호사나 보호사가 더 먹으라고 강하게 권유하는 편이다. 식사 후에는 얼마나 먹었는지 양을 체크하기도 한다.

식사시간은 아침 7시, 점심 12시, 저녁 17시다. 저녁이 좀 이른 편인데, 정신병원이 아닌 다른 병원도 그렇다. 18시면 영양과 직원들이 퇴근을 해야 한다. 그래서 저녁이 빨리 나오는 편이다.

정식적인 식사는 아침, 점심, 저녁이 끝이다. 정신병원은 특이한 식문화가 하나 있는데 그건 매점이다. 일반병원은 환자가 병원 내외로 나가 자유롭게 편의점에 가서 간식류를 사 먹어도 된다. 하지만 정신병원은 환자가 밖으로 나갈 수가 없어서 간식을 먹을 수가 없다. 편의용품도 살 수가 없다. 이것을 해결해주기 위해 매점이 있다.

매점은 병원 내에 있을 수도 있고 외부에 있을 수도 있다. 공통점은 환자가 물품을 주문하면 매점에서 요일을 정해서 한꺼번에 환자들에게 전달해주는 방식이라는 점이다. 비용 수납은 보호자들이 매점에 선입금을 하면 거기서 차감을 하는 방식이다. 입원 기간이 오래되어 매점 사장과 신뢰가 쌓이면 선지급 후 나중에 미수금으로 받기도 한다.

매점에서는 다양한 물건을 판매한다. 과자, 빵, 커피, 우유, 라면, 휴지, 수건, 비누, 샴푸, 그 외에도 일회용품 등이 있다. 담배도 되는데 담배 같은 경우 보호자들이 입원한 김에 끊기를 원하는 경우가 많아서 환자와 다툼의 원인이 되기도 한다. 본인의 의사 없이 강제적으로 입원을 당한 건데 담배까지 제한하면 무슨 낙으로 살라는 거냐고 따지는 환자들이 많다. 심지어는 담배까지 허락하면 잘 있겠다고 딜을 하는 환자들도 있다. 반대로 담배 많이 가져다 줄 테니 입원하라고 설득하는 보호자도 있다.

제한된 공간에서 생활하며 누릴 수 있는 것도 한정되다 보니 인간 기본권에 대한 요구가 높다. 특히 기호식품에 대한 탐욕이 크다. 그 대표격이 담배와 커피다. 담배는 산책시간에 피는데 보호자가 제한한 경우 다른 환자에게 구걸하여 피고, 심하면 꽁초를 주워서 피기도 한다. 커피는 믹스커피로 대부분의 환자들이 하루에 2~4봉지를 타서 마신다. 많이 마시는 환자는 8봉지 이상을 먹기도 한다.

환자들 중 환각이나 피해망상이 있는 환자는 보호자가 주는 음식을 잘 먹지 않는다. 그래서 환자가 잘 먹지를 않아서 입원하는 경우도 있다. 그런 경우 입원을 하면 밥을 잘 먹는다. 그런데 보호자가 음식을 전달해 주면 그 음식은 먹지 않는다. 입원하면 병실 안에서 병원 밥 식사는 잘 하는 편이니 입원시킨 보호자들은 식사 걱정은 하지 않아도 된다.

병동에서는 무엇을 하고 지내나요?

입원 환자들은 병동에서 무엇을 하며 지낼까? 병원마다 프로그램표가 있어서 그 스케줄대로 진행된다. 프로그램 진행은 정신건강사회복지사가 한다. 프로그램 참여는 자유이며 환자가 거부 시 억지로 참여시키지 않는다. 참여하지 않는 환자는 거의 대부분 잠을 잔다. 때문에 참여를 격려하기 위하여, 참여 시 쿠폰을 주고 매달 시장을 열어서 보상을 준다. 프로그램은 크게 다섯 가지로 분류할 수 있다. 신체활동, 여가활동, 분석집단, 자기관리, 지역 사회활동 프로그램이다.

신체활동 프로그램은 주로 체조가 되겠다. 체조 음악에 맞추어 하거나 체조 동영상을 보면서 따라하는 방식이다. 병원 여건에 따라 댄스, 요가, 명상 등을 추가로 진행한다.

여가활동 프로그램은 주로 문화예술활동을 한다. 음악 듣기, 영화 보기, 미술 활동, 공예 활동 등을 한다. 미술, 공예 활동을 하기 위한 준비물은

다 병원에 구비되어 있다. 병원에 가면 게시판이나 벽에 환자들 작품이 전시된 게 있는데 이 활동의 결과물들이다. 병원마다 구비하고 있는 악기가 다른데, 피아노를 칠 수 있다면 이 시간에 피아노도 칠 수 있다. 환자들이 신나게 하는 여가 활동은 노래방이 아닐까 한다. 명절과 연말에 행사를 통해 경연회를 열어 시상을 하기도 한다.

분석집단 프로그램은 프로그램실에 모여서 전문의가 교육을 하고, 심리치료극을 한다. 음성증상을 겪는 환자는 인간관계가 단절되고 사회성이 결여될 수 있다. 그렇기 때문에 분석집단 시간에 다 같이 모여 소통하고 의견을 나누고 들어본다.

자기관리 프로그램은 병적 증상으로 자기관리 및 위생관리가 되지 않는 환자들에게 도움을 주고 격려하는 프로그램이다. 외부에서 이미용 서비스를 실시한다. 환자들은 병원 안에만 있어서 머리를 자르지 못하는데 미용 봉사자가 내원하여 머리를 잘라준다. 도서관에서 자기관리를 위해 책을 대여해 주기도 한다.

지역 사회활동 프로그램은 지역문화시설을 이용하거나 정신건강센터 및 재활기관 연계를 통해 퇴원 후의 활동을 모색한다. 증상이 많이 좋아져 퇴원을 준비하면서 이루어진다. 정신건강센터와 재활기관에서 홍보를 위해 내원하여 소개를 하는 시간을 갖기도 한다.

이상의 크게 다섯 가지로 분류하여 환자들은 병동 내에서 어떤 활동을 하는지 알아보았다. 환자를 입원시키면 그냥 갇혀만 있는 게 아니다. 사회복지사들이 사회복귀를 위해 여러 프로그램을 진행 중이다. 더 궁금한 사항이 있다면 입원해 있는 병원에 전화하여 사회복지사와 프로그램에 대해서 통화하면 된다. 간호사는 프로그램에 개입하지 않는 편이다.

면회에도 제한이 있나요?

책을 준비하는 과정에서 코로나가 발생했다. 정신병원은 폐쇄적이기 때문에 코로나가 발생한다면 원내 환자 전부 코로나 확진 판정을 받을 수 있다. 그래서 코로나 발생 후 지금까지 전면 면회금지를 실행하고 있다.

그럼 코로나 전에는 면회가 어떻게 진행됐는지를 알아보자. 면회는 각 병원마다 차이점이 있다. 먼저 요일별로 가능한 날짜를 둔 병원이다. 월, 수, 금이나 화, 목, 토 등 1~3타임으로 구분해서 그때만 면회가 가능하다. 타임을 정해진 곳은 환자 당 30분 내외로 면회 시간을 제한하기도 한다. 정신병원 특성상 보호자들이 면회를 잘 안 온다. 그러면 정해진 시간을 넘어서 면회를 하기도 한다.

다음으로 매일 면회가 가능한 병원이다. 매일 가능한 만큼 면회를 한 타임만 정해놓았다. 규모가 큰 병원으로 면회실이 커져 동시에 다른 환자들도 면회를 하기도 한다. 그럼 면회는 어디서 할까? 일반 병원에서는 병실에 가서 환자 침대에 둘러서거나 앉아서 면회를 한다. 그러나 정신병원은 병실에 들어갈 수 없기 때문에 면회실이 따로 있다. 병원마다 다른데, 대부분 병동과는 다른 곳에 따로 면회실이 만들어져 있다. 면회만을 위한 곳으로 테이블과 의자, 게시판 정도만 있다. 특이하게 병동 내에 면회실이 있는 경우도 있는데 이 경우 면회실 겸 집단 프로그램실 용도로 쓰기도 한다.

정신병원 면회는 대부분 부모가 자녀를 보러 오는 경우가 많다. 자녀가 부모를 면회 오는 경우는 적다. 형제, 자매가 오기도 한다. 입원 후 환자가 진정되기까지 기간이 있고, 진정되기 전 모습을 보고 보호자가 변심하여 퇴원시키는 경우가 많기 때문에 입원 후에는 바로 면회가 되지 않는다. 대부분의 병원이 면회는 입원 후 1~2주후 시행한다. 기간을 길게 잡을 경우 한 달 후 면회를 허용한다.

이 부분을 이해하지 못하여 왜 바로 면회를 허용하지 않은지 따지는 보호자들도 많다. 면회 허용은 주치의 권한이라 입원 후 경과가 괜찮으면 입원 후 바로 면회를 하기도 한다. 입원 초기는 약을 세게 쓰기 때문에 평소와 차이가 있어 보이거나 사람이 멍해 보일 수 있다. 심하면 침까지 흘리기 때문에 그걸 보고 바로 퇴원시키는 경우도 꽤 있어서 정신병원 면회는 1~2주 후 안정된 상태에서 하는 게 좋다.

면회의 목적은 초기입원 환자와 장기입원 환자가 다르다. 첫 입원 면회면 보호자들이 환자의 상태가 걱정되어서 환자 상태 살피려고 면회를 한다. 장기입원 환자는 환자를 보는 것도 있지만 주로 물품 전달이나 병원에서 못 먹는 환자가 좋아하는 음식을 가지고 와서 면회실에서 함께 먹는다. 병동에 반입 금지된 식품을 이때 먹는다.

면회는 폐쇄된 공간에 있는 환자를 볼 수 있는 유일한 방법이기 때문에 보호자들은 잘 활용해야 한다. 정신병원에 입원함은 격리가 아닌 치료이다. 일부 장기 입원 환자의 보호자들은 1년이 넘어도 면회를 오지 않는 경우도 많아 안타깝다. 원활한 사회복귀를 위해 보호자들도 역할을 다해야 한다.

간호사실은 어디 있나요?

종합병원 입원병실에 가면 엘리베이터에서 내려서 바로 간호스테이션이 보이는 경우가 많다. 그래서 간호스테이션을 쉽게 찾을 수 있다. 정신병원은 병동 입구가 잠겨있고 안이 보이지 않기 때문에 간호스테이션이 도대체 어디에 있는지 궁금할 것이다.

크게 두 가지로 나뉜다. 오픈형과 폐쇄형이다. 오픈형은 간호사실 외벽이 투명 창으로 되어 있어서 간호사가 환자를 바로 볼 수 있고, 환자도 간호사를 볼 수 있는 구조다. 병동 홀에서 일어나는 일을 보고 어떤 일이 생기면 바로 나가서 조치할 수 있다. 다만 정신병 특성상 환자가 한 사람한테 꽂히면 계속 말을 걸고 쳐다보는 경우가 있다. 그럴 경우 병원 직원이 업무를 보기 불편할 수도 있다.

반면 폐쇄형은 간호사실 외벽이 다 가려있다. 조그만 창문이 있는데, 그 창문으로 환자들이 요구사항이 있거나 무슨 일이 있으면 두들겨서 창문을 열고 소통한다. 그럼 환자들을 어떻게 관리할까? CCTV다. 거의 모든 곳에 설치되어 있어서 간호사들은 주로 CCTV 화면을 보고 업무한다. 환자들에게 과도하게 시달리지 않을 수 있는 직원들에게 유리한 구조다. 그러나 CCTV 사각지대도 있는 만큼 오픈형 보다는 일이 터졌을 때 반응이 느릴 수밖에 없다. 환자들을 위한다면 오픈형이 더 좋다. 병원에 입원을 문의할 때 간호사실이 어떤 구조로 되어 있는지 묻는 것도 한 방법이다.

직원의 입장에서는 폐쇄형 간호 스테이션이 환자들의 시선을 차단해 좋다고 생각할 수 있다. 하지만 보이지 않는 만큼 벽이 생기고 직원들은 환자들을 보고 환자들은 직원들을 못 보니 수직관계가 형성되기도 한다. 수직관계가 생기면 직원에게 유리할 것 같지만 그렇지만은 않다. 수직관계는 환자들에게 불안감을 조성하는 만큼 반감심도 갖게 한다. 만일 머리 좋은 환자가 간호 스테이션을 이용한다면 반대로 큰일이 일어날 수 있다. 실제로 환자가 간호 스테이션을 점령한 적이 있었다.

개인적으로도 경험상, 통유리 간호사실이 더 환자를 위한 병원 같다고 생각한다. 간호사실을 암막 처리한 병원은 환자와도 벽을 둔 채로 있는 것 같은 느낌이다. 마치 영화 〈기생충〉에서 상위층과 하위층을 프레임으로 나눈 것처럼 말이다. 전인적인 치료로 환자와 소통을 해야 하는데 그 소통을 막은 느낌이다.

또한 가려져 있기 때문에 환자는 호기심을 가지고 기회가 생길 때마다 들여다보고 안으로 들어오려고 한다. 환자의 마음을 열기 위해 운영하는 곳이 마음을 닫고 보여주지 않으면서 무조건 따르라 하는 건 아닌지 생각이 들기도 한다. 환자의 마음을 얻기 위한 가장 좋은 행동은 먼저 오픈하고 다가서는 자세가 아닐까 한다.

　환자도 사람이다. 동등한 관계로 서로 바라보며 수평적 관계가 이루어 져야. 반발심도 없고 서로를 이해하기 쉽다. 더 나은 유대가 생기며 라포 형성도 되지 않을까? 생각해보라 일반종합병원에 폐쇄형 간호 스테이션 이 있는가? 서로를 보며 동등한 요구를 하고 받아들이는 것도 치료의 과 정이 아닌가 생각해본다.

안전이 보장되나요?

정신병동에는 자살 위험성이 높은 사람도 입원해 있다. 도대체 어느 정도까지 자살을 생각하고 시도해야 입원까지 하는 걸까? 살 의욕이 없어서 죽겠다고 마음먹으면 눈에 보이는 모든 도구가 그 방법이 될 수 없는지 생각하고 상상한다. 밧줄이나 긴 줄만 보면 목을 맬 수 있을까 생각한다. 심지어 이어폰 줄로도 목을 맬 생각을 한다. 어떤 환자는 샤워기 호스 줄로도 자살 시도를 하려고 했다. 이런 형편이니 줄이라는 줄은 모두 찾아서 절대 환자의 손에 쥐어주지 않는다. 소지품 검사를 꼼꼼히 할 수 밖에 없는 것이다. 야상 끈이나 트레이닝 바지의 줄까지 다 검사를 하고 있으면 줄을 빼서 준다.

다른 위험성으로 약도 빼놓을 수 없다. 정신과 약은 한꺼번에 먹으면 위험하기 때문에 약 검사도 약 먹는 시간마다 한다. 투약시간마다 간호사와 보호사가 환자가 약을 먹는지 보고 입을 벌려서 입안까지 확인한다. 간호사와 보호사가 보고 있으니 약을 먹는 것을 보여줘야 하는데 먹는 시

능만 하고 입안에 혀 밑이나 입천장에 붙여 놓을 수 있기 때문이다. 만약에 병동에 급한 일이 생겨서 검사가 꼼꼼히 진행되지 않으면 사물함이나 구석진 곳에 약을 모아 놓고 한꺼번에 약을 먹을 수가 있다.

위세척 처치까지 할 수 있는 정신병원은 거의 없기 때문에 다른 병원 응급실로 가야 한다. 환자가 이렇게까지 하는 것은 죽고 싶은 생각도 있지만 정신병원 탈출하는 방법으로 생각하고 시도하기도 한다.

정신병원에는 타해의 위험성이 높은 환자도 있다. 이런 환자들은 증오심이 강하고 망상으로 그 분노를 키워서 그 대상을 죽이고자 도구를 물색한다. 그 대상은 의사일 수도 있고 간호사, 보호사, 사회복지사, 원무과 직원 그 누가 될지 모른다. 타해의 도구도 천차만별이다. 필자가 근무하면서 겪은 도구를 나열해 보겠다.

우선 돌이다. 잠시 외출하거나 퇴원 후 병원 근처에 와서 주위에 돌을 주워 위협하거나 던지고 내려친다. 악심을 품고 있는 사람의 경우 큰 돌을 가지고 온다. 퇴원 후 병원에 악심을 품고 다시 찾아와 공사장에서 많이 쓰는 벽돌을 가지고 휘두르면서 담당 주치의 나오라고 협박한 환자도 목격한 적이 있다.

병원에는 간이 휴게소 같은 곳이 있다. 외래 진료를 기다리면서 병원 안에서 대기하는 사람도 있지만 휴게소에 나와서 담배도 피고 알던 환자끼리 대화를 나누기도 한다. 그렇게 대화 중 오해가 생겨서 근처에 있는 돌로 환자 머리를 찍어서 피가 난 경우도 있었다. 직원 입장에서 말려야 하는데 말리는 동안 환자가 흥분을 하여 그 피나는 돌로 위협당한 적도 있다.

그 때마다 내가 왜 이 일을 해서 이 고생인지 고민한다. 만약에 내가 맞는다면 병원에서 아무런 보상을 안 해주는 걸 알고 있다. 가해한 환자는 수급자에 돈도 없어서 합의금도 못 받는다. 형사처벌 되고 감방에 들어갔다 나오면 그만이다는 생각을 하는 사람들이기 때문에 크게 다치기라도 하면 아무런 방법이 없다.

돌보다 분명한 타해의 위험성이 있는 물건으로 칼이 있다. 칼은 굉장히 위험한 물건으로 환자들 중에는 가방이나 몸에 칼을 지니고 있는 경우가 생각보다 많다. 칼은 어떤 도구라도 소지품 검사의 대상이 된다. 커터칼도 예외는 없다. 커터칼날 수십 개가 가방이나 몸에서 쏟아져 나온 경우도 있다. 이런 환자들은 퇴원해서 집에 있을 경우 자면서도 머리맡에 칼로 두고 잔다. 베개 밑에 넣고 자는 사람도 있다.

칼은 검사를 엄격하게 때문에 가지고 들어올 수가 없다. 그래서 환자들은 방법을 생각해 냈다. 칼처럼 날카롭고 뾰족한 물건을 만들기로 도구는 어떤 것이든 상관없다. 좀 딱딱한데 갈아서 날카롭고 뾰족하게 만들 수 있는 물건이면 된다. 쉽게 생각되는 도구는 젓가락이다. 그래서 정신병원에는 젓가락이 환자한테 주어지지 않는다. 갈아서 찌르는 도구로 사용할 수 있고, 부피가 작아서 침대 틈이나 각종 틈 사이에 숨겨놓으면 찾기가 매우 힘들다. 그래서 모든 환자들은 뭉뚝한 포크 숟가락을 쓴다.

칫솔은 어떤가? 단단하고 탄성이 있고 잘 부러지지 않는다. 벽처럼 단단한 곳에 지속적으로 갈면 충분히 날카롭고 뾰족하게 만들 수 있다. 뾰족하게 칫솔을 갈아놓고 틈 사이에 숨겨놓은 체 직원을 죽여 버리겠다고 공공연하게 떠들고 다니던 환자가 있었다. 이상하게 여겨 샅샅이 검사하여 찾은 것이다.

깨지고 베일 수 있는 물건 유리류도 위험하다. 병동에서는 모든 유리가 사용금지다. 그럼 거울은 어떻게 할까? 화장실이나 샤워실에는 유리거울이 반드시 있어야 하지 않는가? 하지만 병동에는 유리가 없다. 화장실과 샤워실에는 유리가 아닌 알루미늄으로 비치게 해 놓았다. 요즘에는 인권 향상을 위해 두꺼운 거울을 설치하거나 방범필름을 시공하기도 한다.

이렇게 정신병원은 환자가 자해 및 타해 할 가능성을 완전히 배제하기 위해 노력한다. 그럼에도 불구하고 환자들은 자해와 타해를 시도한다. 하지 못하도록 막는 자와 하고자 하는 자의 눈치 싸움이 결국 하고자 하는 자의 의도를 파악하지 못해 막지 못한다. 그 사례를 몇 가지 보자.

샴푸나 비누 등 먹어서는 안 되는 것을 먹는 환자가 있다. 먹으면 죽지는 않겠지만 환자를 보호하는 입장에 있는 간호사들의 입장에서는 자신의 실수 같다. 정신병원에서는 종종 있는 일로 자신의 화를 표출하기 위해 일부러 먹는 경우가 꽤 있다. 탈원이나 다른 병원으로 가고 싶어서 먹는 경우도 많다. 주로 여자 환자들이 많이 시도하며 결국에는 병원으로 다시 돌아오고 자신만 아프다는 것을 경험한 환자들은 다시 시도하는 경우가 적다. 일부러 직원이나 보호자를 골탕 먹이려고 다시 시도하는 경우 상습범이 되는데 시간이 지나면 하지 않게 된다. 아무런 소득이 없으니 말이다.

개인정비 물품 중 날카로운 것. 면도기와 손톱깎이가 생각난다. 면도기 같은 경우 실수로 다치기는 해도 일부러 얼굴에 난도질하는 환자는 없었다. 오히려 손톱깎이로 자해를 하는 환자가 많았다. 자해 위험성이 많은 환자는 습관적으로 자해를 한다. 상습범이 되는 것이다. 이런 환자는 간호사나 보호사가 보는 앞이나 간호 스테이션에서 손톱을 깎아야 한다.

입원을 말로만 들었을 때보다 실제로 입원해 보면 이곳이 정신병원이라는 것이 실감이 난다. 어떻게든 나가고 싶다는 욕구가 솟구치는 것이다. 그것이 살기 위해서든 죽기 위해서든 말이다. 정신병원은 이런 역사를 가지고 있고 지금도 경험하고 있다. 그렇기 때문에 환자의 위험 가능한 행동은 시도조차 못하게 만들어 놓고 규칙을 시행하고 있다. 환자는 밖에 있을 때 무슨 일을 언제할지 전혀 예측할 수 없다. 아침만 해도 웃었던 환자가 보호자가 없는 순간 죽을 수도 있다. 정신병원은 그렇게 하지 못하도록 만들어진 기관이다. 조금이라도 자살의 여지가 있는 환자라면 입원을 심각하게 고려해야 한다.

환자들의 인권을 위하여, 국가인권위원회

입원 환자들은 강제로 입원을 당할 때 부당함을 겪기도 한다. 이런 부당함이나 인권유린을 방지하기 위해서 환자들은 인권권리에 대한 고지를 받고 인권침해를 당했을 시 국가인권위원회에 신고를 할 수 있다.

실제로 인권유린사례가 많았기 때문에 인권강화는 계속되고 있다. 드라마, 영화에서 정신병원입원 연출 장면을 보면 너무 어이없이 입원되는 경우가 많다. 그런 것을 방지하기 위해서 정신건강복지법은 매년 강화되고 있다.

지금도 환자가 원하지 않는 보호 입원을 하게 되면 사람이 저렇게 억지로 끌려가는 게 옳은 일인가 의문을 갖게 한다. 물론 보호자들 마음이 더 아프고 찢어지겠지만 직원들도 마음이 안 좋기는 매한가지다. 정신병원에서 강제로 끌려가는 걸 한번이라도 보면 엄청 충격 받을 것이다. 이런 일이 정신병원내에서 일어나서 일반인들이 볼 수 없고 알 수 없기에 인권

강화라는 말이 현실적으로 다가오지 않는 것이다.

법이 강화되면 체크하고 확인하게 될 것이 많아진다. 원무과에서는 환자와 보호자를 증빙할 수 있는 서류 두 개를 반드시 받아야 한다. 그리고 환자에게 직접 권리고지를 해야 하고 서류를 보여주어 사인을 받아야 한다. 이 과정을 3일 안에 하지 않으면 환자는 퇴원해야 한다.

병동 생활에 있어서도 부당하다고 생각되거나 병원에 유리하고 환자에게 불리한 것은 인권위원회에 신고하여 조정 받을 수 있다. 정신병원에는 환자에게 불리한 암묵적 룰이 있었는데 환자들의 신고로 이런 룰은 거의 없어졌으며 지금도 개선해 나가고 있는 중이다.

문제는 인권침해사례가 아닌데 의사와 직원들을 귀찮게 하고 괴롭히려는 목적으로 자신의 부당함을 억지로 강조하고 부풀려서 인권위원회에 신고하는 것이다. 인권위원회에서 조사를 진행하고 혐의 없음이 나와도 다시 계속 신고하는 환자도 있다.

환자들의 인권이 점차 강화되어 환자들이 인권을 침해당하지 않고 치료 받을 권리를 정당하게 받고 있다. 이런 좋은 취지로 만든 기관을 자신의 편의와 퇴원을 위해서 악의적으로 이용하는 행위는 없어져야 한다.

04

___

치료 받으면
괜찮아질까요?

교회 목사님이 안수기도 해주신대요

정신병은 왜 걸리는 걸까? 어떤 일이 생기면 원인 먼저 생각하는 인간은 정신병이 죄에 대한 징벌이라고 생각했다. 성경에 보면 기원전부터 '귀신 들린 정신 나간 자들'이라는 구절이 나오는 것을 볼 수 있다. 그 당시 정신병은 과학적으로 설명할 수 없으니 종교적 판단으로 귀신 들려 정신이 나가버림으로 치부하는 게 편하고 당연했다.

이제 과학이 발달하여 정신병의 원인이 어느 정도 밝혀졌다. 하지만 정신병이 발병한 환자를 본 보호자들은 병으로 판단하기보다 무엇인가 다른 게 씌웠다고 생각하기 쉽다. 즉 귀신 들림이다. 귀신은 과학적으로 정의할 수 없다. 따라서 보호자의 종교에 따라 기독교는 기독교대로 불교는 불교대로 치료 방법을 강구한다.

필자가 본 환자의 대부분은 기독교적인 증상을 호소하는 환자가 많았다. 증상이 먼저일까 보호자의 종교가 먼저일까? 경험상 보호자의 종교가 먼저였다. 보호자가 이미 목사, 장로, 집사인 분들이 많았고, 그 자녀도 자연스레 어려서부터 기독교를 접했다. 새벽기도, 안수기도, 금식기도, 기도원까지 말이다.

한 번은 기도원에 갔다가 환자가 팔을 내리지 않고 계속 "주여~ 주여~" 외침이 반복되는 환자가 왔었다. 기도원에서 이제 기도가 끝났으니 그만하라는데도 멈추지를 않아서 바로 병원으로 데리고 왔다. 환자는 병원에 도착해서도 팔을 내리지 않았고 의사가 와서 여러 가지 질문을 해도 두 팔을 든 채 계속 "주여~ 주여~" 반복할 뿐이었다. 결국 주사 처치를 위해 병동으로 올라갔다.

어머니를 만나서 물어보니 어머니가 집사였고 어느 순간 얘가 이상해서 입원할 병원을 알아보던 중이었다고 했다. 정신병인 걸 언제 알았는지, 알았으면 왜 병원이 아닌 기도원에 갔는지 어머니에게 물었다. 처음엔 증세가 심하지 않아 괜찮아지겠지 생각했다고 한다. 이때 목사에게 말하자 기도로 치유할 수 있으니 믿음으로 극복해보자고 해서 그 말을 따랐고 그럼에도 차도가 없자 그제야 병원에 문의를 넣었다고 한다. 다만 입원일을 조율하는 중에 마지막 기도를 해보자며 간 기도원에서 드디어 크게 발병을 한 것이다.

며칠 후 서명을 받으러 환자를 만났다. 팔을 올리고 있지 않고 "주여~ 주여~" 하지도 않는다. 그냥 평범한 학생이다. 정신병원에 입원하였으니 권리고지를 하러 왔다고 하고 권리고지서를 보여주고 읽어보게 한 뒤 서명하게 하니 순순히 따른다.

보호자가 면회 차 원무과에 왔을 때 말했다. 교회에서 기도로 못 고친 거 병원에 와서 주사 맞고 약 먹으니 한 번에 낫지 않으냐고. 보호자가 특유의 서글서글한 웃음으로 "그러네요. 진작 올 걸 그랬어요. 고맙습니다." 라고 인사하던 게 아직도 생생하다.

우리 집안에는 정신병 환자가 없는데…

주로 보호자들과 상담한다. 보호자들은 대개 부모님이 많은데 환자인 자녀에 대한 걱정이 많다. 그러면서 하는 말 중 하나가 "우리 집안에 정신병 환자가 없는데 어떻게 이럴 수 있나요?"이다.

정신병원에 근무하면서 직원들끼리 이야기한 적이 있다. 정신병은 왜 걸릴까? 정신병원에 있으면 환자를 포함한 가족은 무조건 만나게 되어 있다. 선배는 가족들을 보아온 경험상 유전이다. 라고 말했다. 하지만 가족들이 들으면 싫어하니 말은 하지 말라고 했다.

실제로 그런지 조사를 해 봤다. 조현병의 발병은 인구의 1% 정도라고 한다. 가족력이 없어도 1%의 확률로 정신병이 걸릴 수 있는 것이다. 위의 퍼센트는 조현병만 한정한 것이니 정동장애나 우울증을 포함하면 퍼센트는 조금 더 올라갈 것이다. 다만 부모 중 한쪽이 조현병일 때 확률은 12%로 늘어나지만 아이를 열 명 낳을 때 그중 한명으로 높은 확률이 아니다.

즉 집안에 정신병 환자가 없어도 정신병이 발병할 가능성은 언제나 있다. 가족력이 있을 시 그 확률이 더 올라가나 무의미한 수준인 것이다.

실제로 정신병원 안에서는 어떨까? 아빠가 환자고 아들도 환자인 경우, 엄마가 환자고 딸도 환자인 경우가 있다. 아빠가 환자인데 아들도 환자다 그런데 딸 들은 환자가 아니다. 엄마가 심한 환자인데 딸들은 환자가 아니다. 정신병원 안에서 생각하면 많게 느껴지는데 총 입원 환자나 내 개인이 겪은 환자 수 비율로 보면 1%가 맞는 것 같다.

보호자들 질문의 요지는 가족이 정신병이 없는데 우리 애만 왜 그런지에 대한 의문이다. 충분히 그럴 수 있고 가족력이 있으면 확률이 아주 조금 높을 뿐이다.

이미 발병한 상태에서는 원인에 대한 추적이 큰 도움이 되지 않는다. 이제 가족 중에 정신병 환자가 있다는 것을 받아들이고 가족교육에 적극적으로 참여하며 의사 상담 시 성실히 임해야 한다. 병에 대한 가족의 이해가 이후 병의 경과에 영향을 주기 때문이다. 환자는 예민한 상태라서 작은 말 실수에도 큰 상처가 되고 병의 예후에 안 좋다.

아울러 가족들은 환자와 우호적인 환경을 조성할 필요가 있다. 적대적인 환경이라면 안 그래도 예민한 환자의 속을 뒤집는 격이라서 재발과 재입원이 반복된다. 집안 환경이 우호적이어야 환자가 안정을 찾는 것은 당연한 것이다. 그렇다고 너무 과잉보호하면 답답함을 느낄 수 있으니 어느 정도 거리를 두는 게 좋다. 쉽지 않은 일이겠지만 환자 때문에 부모님들끼리 싸우는 일은 절대 없어야 하며 있더라도 환자가 알게 해서는 안 된다.

넌 마음이 약해 의지박약자야!

흔히 정신과를 마음이 아파서 가는 걸로 생각한다. 세상에 널리 알려진 정신과 병명이 우울증이기 때문이다. 조현병의 병명이 바뀌기 전 이름이 정신분열병이었다. 어감이 어떤가? '정신이 분열되었다고? 그럼 미친 사람인가?'라고 부정적으로 인식된다. 그래서 정신분열증이라는 병명은 숨기는 병명이 되었다.

양극성 정동장애는 처음 들으면 무슨 질병인지 바로 알 수 없다. 그래서 대표적인 증상인 조증과 조울증이 널리 알려졌으나 기분 장애 정도로 느껴진다. 자기 기분도 조절 하지 못하다니 의지가 약한 거 아닌가? 생각이 들 수 있다.

우울증은 듣자마자 무슨 질병인지 바로 알 수 있다. 그래서 사람들이 잘 알고 있고 정신과 하면 우울증 먼저 떠오른다. 근데 우울증 하면 스스로 뭔가를 이겨내지 못한 패배자의 이미지가 떠오르고 의지가 약한 사람이라는 생각이 든다.

사람들은 병이 생기면 그 병이 생긴 이유를 따져보려 한다. 왜 우울증이 생긴 건가? 행복하지 않기 때문이다. 행복하지 못 하다는 것은 뭔가 이루지 못한 사람이라는 생각이 든다. 실패했기 때문에 행복하지 못하고 우울해지는 것이다. 그렇기 때문에 힘을 내서 뭔가를 이루고 마음의 안정으로 행복해졌을 때 우울증은 없어질 것이다.

우울증을 단순히 기분 장애로만 봤을 때 가능한 가정이다. 우울한 기분이 의지와 상관없는 신경계 기능에 문제가 생겨서 그렇다면 단순히 의지의 문제일까. 신경계가 손상되어 뇌에 문제가 있는 것인데 마음에 그 탓을 돌리고 그 사람을 비난한다. 그 방법이 쉽고 문제가 없다고 생각하는 것이다. 하지만 아니다 문제가 있다. 마음이 아픈 것이 아니라 뇌가 아픈 것이다. 물론 마음이 아파서 진행되는 경우도 있으나 더 심해지는 이유는 마음을 떠난 뇌의 문제이다.

잘 알려진 우울증을 예로 들었지만 사실 정신병원을 다니는 많은 사람들이 우울증보다는 조현병이 더 많다. 조현병은 사고의 장애로 생각하는 기능에 문제가 생긴 것이다. 환각, 환청이 대표적이며 망상에 빠지게 되는 경우도 많다. 뇌와 신경계의 부조화로 생각 기능에 이상이 생긴 사람에게 그런 것도 잊지 못하고 마음에 담아두고 사느냐는 말은 충고나 조언이 아닌 그저 악담일 뿐이다. 조현병이라는 병명 자체가 뇌의 신경망 혹은 마음을 튜닝 _{조절} 한다는 은유적인 뜻이다.

환자의 표현을 빌리자면 어떤 생각 때문에 머리가 터질 것 같다고 한다. 심해지면 환각, 환청이 들리는 질병이다. 절대 의지로 이겨낼 수 없는 병인 것이다. 골절이나 당뇨를 의지로 치료할 수 있는가? 부러져 버린 뼈를 보고 그 뼈도 못 붙이냐고 다그치거나 조롱하는 사람이 있는가? 뼈가 탈골된 게 아니라 부러진 거다. 눈에 보이는 물리적인 손상도 본인의지로 못 고치는데 머릿속에 있는 신경계 다발을 어떻게 의지로 고친단 말인가? 하지만 약으로 신경계 다발을 조절할 수 있어서 약물 치료가 반드시 필요한 것이다.

은유적으로 저 사람은 마음이 아파서 정신병원에 간 것이라고 하지만 이제는 바뀌어야 한다. 저 사람은 뇌에 질환이 생겨서 조절하려고 정신병원에 간 것이라고 말이다.

정신병 기록을 남기고 싶지 않아요

정신과 진료의 벽 중 하나다. 이 진료가 기록에 남아서 누군가 알게 되어 불이익을 받지 않을까 걱정하는 것이다. 이 사례를 생각보다 많이 접하는데 그때마다 회사에 통보가 되거나 취업 시 회사가 이 사실을 알아서 취업이 안 되는 것 아니냐고 한다.

대답은 항상 같다. "절대로 알 수 없습니다." 그러나 이렇게 강하게 말을 여러 번 해도 듣지를 않는다. 결국 일반으로 접수를 한다. 한두 번은 의료보험이 안 되어 세배 정도 되는 수납 금액이 크게 부담이 되지 않을 수도 있지만 계속 진료를 다니게 되면 부담이 될 수밖에 없다. 결국 점점 쌓이는 진료비를 감당하기 힘들어져서 의료보험으로 돌려 달라고 한다.

병으로 인해 의심이 커진 상태였다가 몇 번의 치료로 호전되어 정식으로 진료를 받는 경우도 있다. 의심이 크고 비약이 크니 병원에서 진료를 받으면 여기저기 전파가 된다고 오해했던 것이다. 치료를 받으면서 점차 좋아지면 이런 오해는 없어진다. 이렇게 외래 진료만 해당되면 큰 문제는 없다.

환자나 보호자가 입원 상담을 하다가 입원을 망설이게 되는 경우가 있다. 입원하면 의료보험에 기록이 남지 않느냐는 것이다. 회사가 진료 받은 사실은 알 수가 없지만 의료보험에 기록이 남는 것은 사실이기 때문에 기록은 남는다고 말한다.

이렇게 되면 환자나 보호자는 앞으로 결혼도 하고 직장생활 및 사회생활을 해야 하는데 정신과 진료 받은 기록이 걸림돌이 되지 않겠느냐는 것이다. 그때마다 절대 그럴 일 없다고 말씀드리지만 효과가 없었기에 서면으로 하나하나 따져 살펴보겠다.

개인정보보호법으로 개인정보 열람은 해당 개인이 아닌 이상 절대 열람될 수 없다. 직장에 취업을 할 때 건강검진을 하고 검진표를 제출하라는 회사는 있어도 어떤 진료를 받아왔는지 확인서를 제출하라는 곳은 없다.

가족이나 배우자도 열람이 불가능하다. 부모님이 와서 내 자식인데 왜 안 되냐고 컴플레인 하는 경우도 많으나 절대 열람해 주지 않는다. 가족이나 배우자가 열람을 하려면 환자 본인에게 동의서와 위임장을 받아 와야 한다.

사회생활을 하면서 혹시 정신과 진료 받으세요? 라는 질문을 받아본 적이 있는가? 이런 질문을 받지 않는 이상 본인이 정신과 진료 받는다는 사실을 오픈할 이유가 없다. 통성명을 하면서 저는 고혈압입니다. 혹은 당뇨가 있습니다. 라고 하지 않는 것처럼 말이다.

요즘 추세가 우울증을 커밍아웃하는 추세이니 분위기를 보다가 가볍게 우울증으로 정신과 진료를 받았다고 하면 아무런 문제없을 것이다. 물론 그런 분위기가 아니라면 굳이 밝힐 필요는 없다. 병을 가지고 있는 것이 훈장은 아니지 않는가? 간혹 자신이 병이 있다고 오픈하고 병 때문에 일을 다 하지 못 했다고 하거나 핑계를 대는 경우도 있다. 병을 내세우며 이해를 요구하거나 동정심을 호소하는 경우도 있다. 이런 경우는 병을 극복하지 못하고 병에 침잠한 상태로 진료를 받든, 약을 먹든 영원히 병에서 벗어나지 못할 것이다. 치료 이전에 낫겠다는 본인의 의지가 중요하다.

결혼은 좀 다른 문제이다. 정신과 진료 받은 것을 속이고 결혼하면 이혼 사유가 될 수 있다. 실제로 근무하면서 몇 번 본 적이 있다. 병원에서만이 아니라 사회생활을 하면서도 경험했다. 결혼을 준비 중인 사이라면 속내를 털어놓고 사실대로 말하고 상대방의 의사를 들어봐야 한다. 속이고 결혼을 한다고 하더라도 같이 살면서 배우자가 반드시 알게 된다. 병은 병대로 진행되고 상대방은 배신감을 느끼기 때문에 가정이 한순간에 파탄난다.

서문에 언급한 군인 귀신이 들린 듯한 행동을 한 사례가 이 케이스다. 가정과 결혼 생활에 대한 질문에서 갑작스런 광적상태_{매니악}에 빠져서 난동을 부리고 귀신 들린 사람처럼 행동하게 된 것이다. 환자가 입원한 이후에 남편과 이야기를 할 기회가 생겼다. 아내분이 이런 병이 있는 상태인지 알고 결혼을 한 것인지 물었다. 남편은 모르고 했지만 참고 살아가려 했다고 답했다. 그러나 같은 일이 계속 반복되니 지쳐서 이혼을 준비 중이었고 그러던 중 다시 재입원을 하게 된 것이라고 한다.

이혼 재판은 받았지만 조정기간이 있어서 퇴원할 때까지는 혼인 상태였고 그 이후의 일은 알지 못했다. 그러다 시간이 지난 후 환자가 외래로 방문했다. 입원했을 때 보다 훨씬 좋아진 상태로 내원하여 못 알아볼 뻔했지만 접수를 하면서 저 기억나시냐고 처음 입원하셨을 때 입원을 받은 사람이라고 말을 건네자 환자는 기억이 난다고 했다. 호기심이 일었다. 그럼 그 귀신 들린 행동도 기억을 하는 것일까? 다시 재차 물었다. "그럼 군인처럼 행동하고 난동부린 것도 기억나세요?" 설마 기억을 못하겠지 생각했지만 환자는 차분하게 고개를 끄덕이며 기억이 난다고 했다. 아, 그때의 충격이란 이루 말로 할 수 없다.

진료실에서 "들여보내주세요~"라는 말을 듣고 진료실에 들어간 환자는 잠시 뒤 씩씩거리며 나왔고 수납 후 귀가했다. 바로 주치의가 나와서 무슨 일인지 묻자 이혼 문제로 자신에게 불리한 진료기록을 삭제해 달라고 요구했다고 한다. 그건 안 된다고 했더니 광적(매니악)한 상태가 올라와서 화를 내고 그냥 간 것이란다. 퇴원했을 때 약간 불안했는데 저 정도면 다시 입원해야 한다는 말을 남기고 주치의는 병동으로 올라갔다. 결국 이혼으로 마무리 된 케이스로, 이후 당연한 이야기지만 환자와 보호자는 두 번 다시 오지 않았다.

그러나 서로 오픈하고 결혼하거나 결혼 이 후에 발병한 경우는 배우자가 더 헌신적인 경우가 많았다. 결혼하고 끝까지 갈 사람이라고 판단되면 자신의 병을 밝힐 수 있는 용기를 가져야 한다. 사실대로 말했는데 헤어졌다면 끝까지 같이 갈 사람이 아닌 것이다.

배우자가 결혼 이후 자녀도 다 크고 나서 발병한 환자가 있었는데 남편이 극진히 간호하고 사랑으로 대하는 것을 보고 크게 감동한 일이 있다. 당신을 영원히 사랑하고 당신을 위해서라면 직장도 다 그만두고 당신만 바라보며 당신 곁에만 머물면서 돌보겠다는 그 보호자. 당신도 그런 보호자가 곁에 있길 바라지 않는가. 부디 결혼할 사람이라면 용기내서 말해보자.

이 극단적인 차이가 양극성정동장애의 병을 제대로 설명해 주는 사례들 같다. 하나는 속이고 입원한 사례, 다른 하나는 받아들고 입원한 사례인데 결과는 이혼 아니면 영원한 사랑이다. 속이면 속이는 대로 받고 진실을 받아들이면, 받아들인 만큼 행복하고 사랑받을 것이다.

정신과약 평생 먹어야 되잖아요!

정신과의 대표적인 클리셰다. 실제로도 보호자 상담 시 가장 많이 듣는 말이다. 어머니들 같은 경우 이 대목에서 울먹이는 어머니가 많았다. 이제 20대인데 앞으로 평생 정신과 약을 먹어야 한다고 생각하니 복장이 터지고 불쌍해서 그렇다고 한다. 그러면서 약을 안 먹는 방법을 문의한다. 의사가 아니기 때문에 약에 대해서 드릴 말씀이 없다고 해도 환자들 많이 보셨을 것 아니냐고 재차 묻는다. 실제로 본 경우는 없으나 내원한 보호자 말로는 내 딸이 독하게 마음을 먹고 약을 끊고 착실히 신앙 생활해서 안 먹고 나았다는 말은 들었으나 실제로 본 것은 아니기에 신빙성이 떨어진다.

첫 발병 시 빠르게 진료를 보고 적절한 약을 찾아서 증상이 완화되면 최저로 약 용량을 줄여서 1~2년 복용하는 게 좋다고 한다. 늦게 발견했거나 재발한 상태면 약 복용 기간은 더 늘어난다. 우선은 너무 먼 미래를 생각하지 말고 지금이라도 병을 발견하여 다행이라는 마음으로 현 증상을 완화시켜 나가는 것이 중요하다. 증상이 좋아져서 최저 용량을 찾으면 하루 한 알을 먹고 일반인과 같이 생활이 가능하다.

병이 사람을 골라서 생기는 게 아니므로, 환자는 각계각층에 분포한다. 그 환자가 의사일 수도 있고 어디 기업체 회장일 수도 중소기업 사장일 수도 있다. 어느 정도 위치에 있는 사람이 많은 양의 정신과 약을 먹으면서 사회생활을 이어나간 사례도 본 적이 있다.

약을 먹는 것이 죄는 아니다. 그리고 과학이 발전하는 만큼 약도 발전한다. 에이즈에 걸리면 무조건 죽는 것으로 알았다. 하지만 치료제의 개발로 완치 약은 없는 상태이지만 관리 가능한 질병이 됐다.

불치병이었던 에이즈조차 이젠 관리가 가능한 질병이 됐는데 정신병은 죽지 않는 관리 가능한 질병이고 시간이 더 지나면 더 좋은 치료제나 방법이 나올 가능성도 있다. 완치에 대한 부분은 각 책의 저자마다 주장하는 게 달라서 뭐라 말하기 어렵다. 희망을 주는 책은 질병에 따라 자연발생적으로 치유되는 경우도 있다고 하고 관리에 초점을 둔 책은 완치는 없다. 꾸준히 관리해야 한다는 주장을 한다. 그러나 분명한 점은 더 나빠져서 손을 쓸 수도 없게 되기 전에 좋은 의사를 만나 최적의 약을 처방 받아 관리가 가능해 진다면 더할 나위 없이 좋다는 것이다. 질병을 넘어 삶의 회복을 바라보자.

• 연합뉴스, "에이즈도 이젠 관리 가능 질환…편견과 차별 없애야(2019.12.02. 김효섭 PD)".

약물 부작용이 걱정돼요

앞에서 약의 우수성에 대해 알아보았다. 그럼 이렇게 발전된 약을 환자들은 왜 거부하는 것일까? 우선 환자들은 본인이 왜 약을 먹어야 하는지 알지 못한다. 자신은 정상이라고 생각하기 때문에 약을 먹을 이유가 없는 것이다. 약을 먹겠다고 하면 정신병을 인정하는 셈이기 때문에 정신과 약을 복용시키기가 생각보다 어렵다. 어렵게 진료까지 보게 했는데 병을 인정 안하고 약도 거부하다니 어떻게 해야 할까?

가장 먼저 권유되는 게 입원이다. 입원을 하면 약을 먹도록 직원들이 계속 유도하기 때문에 거의 대부분의 환자들이 약을 먹게 된다. 이렇게 힘들게 약을 먹이고 나면 환자는 생전 처음 겪는 약 부작용에 다시 약을 거부한다. 약 부작용에는 어떤 것이 있을까? 신체적 부작용으로 몸 떨림, 뻣뻣해짐, 무의미한 행동 반복, 입, 목마름, 혀 떨림, 변비, 두통, 식욕 증가, 안절부절 못 함 등이 있다. 가장 쉽게 볼 수 있는 건 손 떨림이다.

원무과에서는 두 달마다 모든 자의, 동의 입원 환자에게 입원의사가 있는지 '입원등 환자 퇴원등 의사 확인서'에 사인을 받아야 한다. 그때 사인을 받으러 병동으로 올라가서 펜을 건네주기 위해 손을 보면 손을 떠는 걸 쉽게 볼 수 있다. 손 떨지 말라고 말을 하고 손을 잡아도 떠는 것을 보면 의지로 제어할 수 없는 것이다. 이와 동시 발견되는 의미 없는 까닥거림도 있다.

중증 환자 중에는 입이 바짝 마른 상태인 환자도 있다. 입을 떼면 쩍쩍 소리가 날 것 같다. 입 마름과 별개로 목이 말라서 물을 엄청 많이 마시는 환자도 있다. 한 번에 1리터는 마실 것이다. 물을 많이 마시면 전해질이 떨어지는데 이 때문에 응급실에 간 환자도 있었다.

나이가 많은 환자들의 경우 입 주위에서 부작용이 많이 보인다. 입을 반복적으로 오므린다던가, 혀가 떨린다. 변비도 있다. 그래서 정신과 약에 보면 변비약까지 같이 처방된 경우가 많다. 실제로 대변이 잘 안 나온다고 호소하는 걸 많이 보고 들었다.

식욕 증가는 이미 대중들도 어느 정도 알 것이다. 갑자기 살이 많이 찐 연예인들이 많은데 어느 정도 약에 대한 부작용일 수도 있다. 입원 환자들의 식탐은 너무 커서 쉬지 않고 먹는다고 한다. 병동에 갈 일이 없을 때는 한동안 안 가기도 하는데 호리호리했던 환자가 누가 봐도 뚱뚱한 환자가 된 경우도 있었다. 입원하면 대체적으로 살이 찌기 때문에 체중이 증가하는 사례는 많이 봤다.

안절부절 못 함은 환자들이 약을 거부하는 큰 이유가 아닐까 한다. 초조해 하면서 이 약만 먹으면 불안하고 초조하다는데 보는 입장에서는 이유를 모르겠다. 초조해하고 불안해하는데 심하면 가만히 있지를 못하고 일어나서 왔다갔다 서성거린다. 그러면서 하는 말이 '내가 이 약 안 먹는다고 했잖아'이다.

마지막으로 눈이 돌아가는 부작용이다. 처음 봤을 때 굉장히 놀랐다. 사람 눈이 저렇게 움직일 수 있구나 싶었기 때문이다. 약의 힘을 이때 체감했다. 약이 마치 뇌에 직접 작용하는 것 같았다. 무서움과 괴로움을 동시에 느꼈다. 눈이 저렇게 움직이면서 돌아가는 사람이 무서웠고 그런 상황인 환자는 얼마나 괴로울까라는 공감에서 괴로움을 느꼈다.

그후 몇 번 더 눈이 돌아가고 반복적으로 움직이는 것을 봤다. 유독 나를 잘 따랐던 환자라서 나도 좀더 관심을 가지고 있었다. 약 조절이 필요해 보이는 환자의 이상 증상을 보고 주치의는 웃으며 지나가는 것을 보았다. 근래 환자가 많아져서 바쁜 나머지 신경 써주지 못했을 수도 있다. 정신 없이 바쁘게, 그러나 친절을 위해 웃으며 다니다가 무심코 표정을 지었으리란 생각이다. 정신병동에서 볼 수 있는 진풍경 중 하나가 환자들이 주치의가 병동으로 오면 주치의가 다니는 곳 마다 우루루 따라 다니는 것이다. 의사 한 명 당 60명의 환자를 봐야 하는데 아마 일일이 따라다니는 환자들의 표정을 살펴볼 수는 없었을 것이다. 그렇지만 좀더 환자 한 명 한 명에게 애정을 가지고 병동 라운딩을 돌았으면 좋겠다는 아쉬움이 들었다.

약 부작용을 어디까지 쓸지 고민이 많았다. 정신과의 편견과 부정적 시선을 타파하고자 책을 썼기 때문이다. 오히려 부정적 시선을 더 키우는 건 아닌지 고민했다. 약을 먹으면 어차피 알게 될 터, 부작용을 숨기는 게 편견을 더 키운다고 생각했다. 병원입장도 아니고 학회입장도 아닌 사람의 입장에서 본대로 쓰자고 결심했다.

비전문가로서 자격은 없지만 사람의 입장에서 본대로 꾸미지 말고 쓰자. 그게 직원이었던 내가 할 수 있는 전부이다. 약을 먹어야 한다는 입장에는 변함이 없다. 환자와 보호자들이 좋은 병원과 의사를 선택하길 바란다.

이렇게나 많은 약을 먹는다고요?

정신과 약은 언제까지 먹어야 하나요? 환자와 보호자들은 약의 양보다는 기간을 더 중요하게 생각하는 것 같다. 들어본 질문 중에 기간에 대한 질문은 매일 들어도 양에 대한 질문은 들어본 적이 없다.

원무과라서 환자들이 약을 얼마나 먹는지 잘 몰랐다. 전산으로 몇 가지를 먹는지는 알지만 3~4가지 정도네 하고 넘어가고 크게 신경 쓰지 않는다. 그러다 약국에 지원을 갔다. 정신병원은 인력이 부족하기 때문에 타부서에 지원을 많이 간다. 그곳에서 자동조제기로 약이 조제되는 걸 지켜보다가 깜짝 놀랐다.

'한 번에 이렇게 많은 약을 먹는다고?' 한 봉투에 약 7~9개가 담겼다. 많은 건 10개가 넘는 것 같았다. 알약을 잘 못 먹는 사람은 약 먹는 것도 일이 될 듯 했다. 병동에 보면 하루 종일 잠만 자는 환자도 있는데 그럴 만도 한 것 같다. 물론 약을 많이 먹지 않아도 음성증상으로 잠만 자는 환자도 있다. 음성증상을 떠나서 항정신성 약 하나만 먹어도 부작용이 있는 사람은 침을 흘리고 어지러워서 일상생활을 못한다고 하는데 이 정도양이면 누구라도 약에 굴복할 것 같았다.

환자가 난동을 부리면 직원들이 다 붙어야 하고, 하루 종일 시달린다. 그걸 생각해 보면 약을 강하게 쓰는 이유는 병원이 안정적으로 돌아가고 직원들 편의를 위해서겠다. 정신병원에서 난동 부리는 환자는 정해져 있는 편인데 이들이 난동에 시동이 걸리면 전 직원이 출동해야 한다. 한번은 지원을 나가면서 이런 불만을 들은 적이 있다. 왜 약을 줄여가지고 이런 상황을 만드는지에 대한 불만이었다. 나도 동의했다. 지원을 나가면 안전이 보장되지 않는다. 언제나 맞을 수도 있다는 불안감은 지원 나가는 동시에 생긴다. 그럴 때면 항상 약에 대한 아쉬움이 남는다. 환자를 제어할 수단이 약 밖에 없다는 것이 정신병원의 한계이자 방법이다. 다만 환자를 제어하기 위해 어쩔 수 없이 약을 늘려 썼다고 해도 진정이 된 후에는 약을 줄여나가야 한다. 환자 상태가 파악되지 않으면 약은 그대로 유지된다.

환자의 진단명에 따라 약을 쓰는 것도 약이 많아지게 된 이유이다. 예를 들어 환자가 조현병이면서 우울감도 있다면 조현병 약에 우울증 약이 포함된다. 약을 먹으니 변비가 생겼다. 변비약이 추가된다. 더 큰 문제는 병을 잘못 파악했을 때이다. 조현병이 일시적인 증상이었고 알고 보니 양극성 정동장애일 수도 있다. 이런 판단을 잘 하고 약 조절을 잘 하는 의사를 만나야 한다.

정신과를 다니면서 의사를 자주 바꾸는 것은 추천되지 않는다. 나도 여기에는 동의하는 바이다. 원무과 입장에서 곤혹스러운 것 중에 하나가 주치의를 바꿔달라고 하는 것이다. 주치의가 자존심이 상할 수 있다는 점은 차치하더라도, 환자를 새로 받는 의사는 환자 파악부터 치료법까지 처음부터 다시 시작해야 한다는 부담이 있다. 그만큼 병에 대한 치료가 늦어질 수도 있다.

6개월 이상 다녔는데도 처방받는 약에 차이가 없고 자신이 느끼기에도 변화가 없거나 오히려 더 힘들다면 그때 진료의뢰서나 소견서를 받아서 다른 병원에 가보자. 진단이 다르게 나올 수도 있다. 혹은 시간이 지나면서 병이 다르게 진행 되었을 수도 있다. 양극성 정동 장애의 경우 주기적으로 발병 할 수 있다. 혹은 조현병이 왔는데 우울감도 같이 올 수 있고 우울감 없이 조현병만 발생 할 수도 있다. 그때마다 진단은 다르게 나올 것이다.

한 가지 팁을 드린다. 의사에게 약에 대해 따지기 힘들다면 그 병원이나 근처 약국의 약사에게 그 동안 약 처방 받을 것을 보여주고 물어보라. 한번은 약국에 지원을 나갔을 때 한 약사가 "이 의사는 약 처방 정말 이상하게 한다."라는 말을 들었다. 그걸 어떻게 아시냐고 묻자 약 처방 내 놓은 것을 보면 이상한 점이 보인다고 말해주었다.

굳이 의사가 아니라도 약사 또한 약에 대한 안목이 있는 것 같다. 하는 일이 이 약이 어디에 쓰이는지, 약 효능과 부작용은 무엇인지 설명하고 조제하는 것인데, 그동안 우리는 약사의 능력을 너무 간과했던 것이다. 의

약분업 전에는 약사에게 증상을 말하고 바로 약을 처방 받았던 시절도 있었다.

약은 약사에게 라는 말도 있다. 조금 더 알아보니 약사는 제품 이름이 같아도 증상에 따라 성분이 다르게 들어가는 약의 세부 성분까지 파악하고 있다고 한다. 내가 굳이 간호사와 환자 보호자에게까지 들은 이야기로 판단하지 않아도 됐다. 의사에게 그릇된 의심을 가지라는 뜻이 아니다. 의사가 진단을 잘못 내리거나 바쁜 나머지 충분히 신경 쓰지 못할 수 있다는 점을 유념하고, 약에 대해 열려 있고 환자의 의사를 존중하고 용량을 조절하려는 의사를 만나길 바란다.

약 대신 사용할 수 있는 방법

정신과는 약물 복용이 치료의 절반 이상을 차지한다. 보호자들도 약을 먹으면 상당히 호전이 되는 것을 목격하고 경험했기 때문에 환자 상태가 안 좋아지면 어떻게 해서든지 약을 먹이려고 한다. 하지만 환자는 상태가 안 좋아지면 약을 안 먹으려고 한다. 그러면 약을 먹이려는 자와 약을 안 먹으려는 자의 다툼이 시작된다. 이 다툼은 정신과 환자 가족에게는 상당한 스트레스이다. 당신이 환자를 돌보면서 제때에 시간 맞추어서 약을 먹여본 적 있냐고 울면서 하소연한 보호자도 있었다.

이렇게 갈등이 깊어가면 보호자들은 다른 방법을 강구하게 된다. 가장 먼저 떠오르며 쉬운 방법은 약을 몰래 먹이는 것이다. 약에는 무색, 무취가 있기는 하지만 모든 약이 그렇지는 않다. 정신과 약에는 색이 들어 있는 게 많다. 그래서 환자에게 들키지 않기 위해 국이나 찌개에 넣어서 복용시킨다. 아니면 간식을 주면서 요구르트나 주스에 갈아서 넣어주는 경우도 있다. 이렇게 약을 음식이나 음료에 섞어서 줘도 약효가 있을까? 있다. 정상적으로 식후에 약만 먹는 것보다는 효과가 덜하겠지만 어떤 경로라도 약을 먹으면 그 효과는 나타난다. 효과가 없다면 어떤 보호자가 매일 약을 갈아서 음식 혹은 음료수에 타서 주겠는가?

문제는 보호자들의 번거로움보다는 환자가 알아챘을 때다. 대부분의 사례에서 약을 몰래 복용시킬 경우 환자가 알아채는 경우는 드물다. 하지만 환자가 알게 되면 보호자가 주는 음식은 그 어떤 것도 먹지 않는다. 보호자에 대한 신뢰가 깨지고 배신감으로 인해 오히려 상태가 더 악화된다. 증상이 심해지면 밥에도 약을 탔다고 밥도 안 먹는다. 이렇게 되면 되돌리기 어렵기 때문에 보호자는 더 신중하고 조심스럽게 해야 한다. 평생을 조마조마한 심정으로 매일 약을 섞어서 주는 것은 불가능하다. 가족에 대한 사랑으로 몇 년은 가능할지 모르지만 그 고통은 온전히 보호자 몫이다. 그렇게 때문에 울면서 하소연 한 것이리라 생각된다.

이제는 이런 부담을 덜 수 있는 방법이 있다. 그것은 바로 주사처방이다. 주사처방이라고 해서 일회성인 안정제나 진정제가 아니라 아예 약을 주사로 바꾼 것이다. 즉 주사 한 번으로 이주에서 한 달까지 약을 안 먹어도 되는 것이다. 약 성분과 제조사에 따라 기간은 상이하다. 담당 주치의와 상의 후 주사제 처방이 가능하면 주사제 처방으로 바꾸는 것도 한 방법이다.

매일 먹어야 하는 약을 한 달에 한 번 주사로 끝나니 보호자도 편하고 환자 자신도 편하다. 정말 의학의 발달로 모든 병이 치료 가능하고 환자와 보호자도 편한 세상이 온 것 같다. 하지만 또 하나의 벽이 있다. 그것은 주사제의 부작용이다. 주사를 맞고 부작용이 없으면 주사제로 변경하여 처방 받으면 되지만 부작용이 있어서 환자가 거부한다면 다시 약물 복용으로 되돌아가야 한다.

주사를 맞고 나면 느낌이 이상하다는 환자도 있고 기분이 불안정해 진다는 환자도 있다. 반드시 주치의와 충분히 면담 후에 진행해야 한다. 주사를 맞았다고 안심하지 말고 안정기에 들 때까지 보호자들은 잘 살펴봐야 한다. 절대 혼자 두지 말아야 한다. 어떤 환자는 약물 복용을 잘 하다가 매일 먹는 약이 번거로워서 주사제로 변경하기로 하고 변경했다가 당일 극단적인 선택을 한 경우도 있었다.

약물이든 주사든 약 처방이 바뀌면 환자에게서 어떤 반응이 나올지는 의사도 알 수 없다. 의사가 24시간 붙어있을 수는 없으니 보호자가 24시간 붙어서 안정기에 들 때까지 곁에 있어야 한다. 절대 환자 혼자두기 않기를 당부한다. 웃으면서 곁에 있어도 혼자 있는 순간이 오면 바로 극단적인 선택을 할 수도 있는 환자인 것을 잊으면 안 된다.

약물 의존성이나 내성 증가에 대해

약을 계속 복용하다가 보면 자신과 잘 맞는 약이 있다. 그런 약은 환자 본인과 궁합이 맞는 약으로 부담 없이 꾸준히 복용하게 된다. 문제는 계속되는 복용으로 의존성이 늘어나고 그 약이 없거나 제시간에 약을 먹지 않으면 불안하고 초조해 한다. 또한 계속되는 반복 복용에 내성이 증가되어 환자 자신이 약효를 느끼지 못하면 받은 약을 하나씩 모으거나 약을 먹지 않고 있다가 일정량이 되면 한꺼번에 먹는 경우도 있다. 이런 경우는 주치의와 진료 시 숨김없이 약에 대해 말해야 하며 주치의의 약에 대한 원칙에 따라 처방해 주는 것이 달라진다.

어떤 의사는 자신의 처방을 꾸준히 밀고 나갈 수도 있다. 약에 민감한 의사는 비슷한 약으로 처방을 바꾸거나 즉시 용량을 조절한다. 내성 증가는 약에 따라 다르다. 정신병 특성상 꾸준히 오래 복용해야 하기 때문에 최저용량을 찾기를 누차 권유 드린다. 정신병 약은 내성이 없다고 하는 의사도 있고 약에 내성이 없을 수 없다고 하는 의사도 있어서 필자가 뭐라 정의를 할 수 없다. 환자 본인이 약을 먹은 후의 증상과 느낌을 잘 유지하는 게 가장 좋을 것 같다.

약물 의존성은 약간 다른 문제이다. 약의 성분에 의해 중독과 의존성이 커지기도 하지만 환자의 의지도 포함되는 영역이기 때문이다. 환자가 약을 먹으면 어떤 상태인지 알려고 일부러 약을 복용하는 의사도 있다. 그런 의사들은 약의 효과를 몸소 알기 때문에 절대 약을 과하게 쓰지 않는다. 중독이 될 수 있는 위험성도 알기 때문에 약을 쓰면서도 어느 순간 약을 끊는 것을 본 적이 있다. 환자에게 설명을 할 때도 그 약 계속 먹으면 몸에 안 좋으니까 그만 먹으라고 설득한다. 약에 대해 민감하지 않은 의사는 강한 약을 그대로 계속 처방 내는 경우도 있다. 왜냐하면 환자가 그걸 계속 원하기 때문이다. 잘 먹는 약을 갑자기 조절하면 환자의 반발이 심하다. 왜냐하면 환자는 그 약을 먹어서 효과도 좋고 부작용이 없는데 의사가 갑자기 끊으면 약의 좋았던 효능이 한 번에 다 없어지는 것이다. 의사는 의사대로 약을 줄이는 게 좋다고 설명을 해도 환자가 받아들이기 어렵기 때문에 환자와 충돌이 있다. 실제로 강한 협박을 하기도 한다. 절충안은 의사와 환자, 둘의 몫이다.

약 때문에 의사끼리 충돌이 일어나기도 한다. 피치 못할 사정으로 주치의가 바뀌었을 때 전 주치의 처방에 대해 말하는 것을 봤었다. 그 때 현 주치의가 된 의사는 전 주치의가 약을 세게 쓰기 때문에 환자들의 약 의존도가 높다고 불평하였다. 그러면 약 조절을 해야 하는데 조절하는 과정에서 환자와 마찰이 있기 때문에 그 몫이 다 현 주치의에게 있는 것이다.

환자들도 약이 주는 효과에 너무 의존을 해서는 안 된다. 물론 조절 못한 증상으로 인해 고통을 받을 때면 약의 힘을 받는 것은 당연하다. 하지만 꾸준한 복용으로 일상에서 견딜 정도가 되면 약 조절은 자연스럽게 따라오는 치료의 과정이다. 이 과정을 이해하고 받아들여야 온전한 정신과 치료가 이루어진다. 평생 약을 먹는 것은 보호자가 아닌 환자 자신이다. 그 약 끊을 수 있다면 끊는 게 좋지 아니한가?

05

퇴원 후가
정말 중요합니다.

퇴원을 응원합니다

정신병원은 입원하기까지 절차가 까다롭다. 그래서 퇴원도 뭔가 까다로울 것 같지만 아니다. 말 그대로 그냥가도 된다. 병원비 수납이 다 됐다면 환자 혼자 퇴원하기도 한다.

보호 입원을 할 때는 무조건 보호자 2인이 병원에 와야 하기 때문에 퇴원할 때도 2인이 와야 하는 줄 아는 사람이 많다. 그러나 퇴원할 때는 정해진 기준이 없다. 대개는 입원하면서 짐이 많이 생겨서 혼자 들고 가기 힘들기 때문에 보호자 한명이 오는 편이다.

병원비 정산도 퇴원 당일 되기 때문에 수납하러 보호자가 와야 한다. 그 외에 서류적인 부분은 사회복지사가 퇴원시기가 잡히면 정신건강복지센터나 보건소에 퇴원사실 통보 동의 사인을 받는다. 병동 안에서 이루어지기 때문에 보호자가 크게 신경 쓰지 않아도 된다. 다만 환자가 의사능력이 미흡할 경우 보호자의 동의로 갈음할 수 있다.

여기까지 절차적인 부분이고 중요한 건 퇴원약과 함께 외래 예약을 하는 것이다. 정신병원은 퇴원한다고 해서 병이 완치가 된 것이 아니다. 약을 끊으면 재발을 해서 다시 입원하게 된다. 그렇기 때문에 병원에서는 약과 함께 예약날짜를 잡아 준다.

진료상담 중에 퇴원을 하면 약을 잘 먹겠다는 약속을 받기도 한다. 퇴원 후 지속적인 약 복용이 가장 중요하기 때문이다. 보호자들도 퇴원 후 신경 써서 투약관리를 해 줘야 한다. 몇 일간은 약을 잘 먹다가도 관리가 소홀해지면 약을 하나씩 빼서 먹고, 안 먹었는데 먹었다고 거짓말을 한다. 이런 상태를 파악하기 위해서 외래 진료를 나와야 한다. 증상의 변화로 주치의가 약 복용 여부를 파악할 수 있기 때문이다.

입원 환자들의 주요 관심사는 퇴원이기 때문에 퇴원이라면 뭐든지 한다고 한다. 약이 싫어도 퇴원을 시켜주겠다고 하면 약을 잘 먹겠다고 하기 때문에 보호자들은 꼭 약 복용 체크를 해야 한다. 이후 약 복용이 잘 이루어진다면 사회로의 복귀 가능여부를 판단해야 한다. 아직 사회생활을 하기 에는 부족하다 싶으면 낮병원을 생각해보는 것도 한 방법이다.

퇴원 후 환자가 보호자를 원망하거나 보호자가 환자에게 미안한 마음이 들 수 있다. 이때 가장 중요한 것은 발병하기 전처럼 대하는 것이다. 퇴원까지 했는데 계속 환자를 정신병자 취급한다면 환자는 부정적이 되고 더 악화될 수밖에 없다. 상황이 달라졌더라도 발병 전과 똑같이 대해야 환자도 나를 정신병자로 대하지 않는다는 느낌에 의욕적으로 자신의 일을 찾고 부정적 생각도 덜하게 될 것이다. 중요한 건 넘치지도 부족하지도 않은 가족의 관심과 사랑이다.

좋아져서 퇴원하는가, 나빠져서 퇴원하는가

소제목이 이상하게 느껴질 수 있다. 상태가 좋아지지 않았는데 퇴원이 가능한가? 병원에서 좋아질 때까지 끝까지 책임을 져야 하는 것이 아닌가? 일단 병원에서 끝까지 책임을 지는 건 불가능하다. 그 이유를 하나씩 살펴보자.

첫째, 입원 기간이 정해져 있다. 보호 입원 기간은 3개월이다. 이 기간 내에 좋아지면 당연히 퇴원한다. 증상이 호전이 빠르면 더 빨리 퇴원할 수도 있다. 3개월 내에 좋아지지 않으면 입원기간을 연장할 수 있기는 하다. 최소 1~2년까지 연장이 가능하지만 2년 정도 되면 보건복지부에서 운영하는 국립정신건강센터 입원적합성 심사위원회에서 까다롭게 평가하고 퇴원시키라는 명령이 나온다.

둘째, 정신병원은 정신과적 치료만 가능한 경우가 많다. 정신과적으로 발병했으나 다른 병이 복합적으로 발병했다면 정신병원에서는 치료를 할 수가 없다. 이럴 때는 정신과적 상태가 아무리 안 좋아도 퇴원할 수밖에 없다. 정신과적으로 죽는 것 보다 다른 과의 질병으로 죽을 수 있는 경우가 더 많다.

셋째, 보호자들의 변심이다. 보호자들의 변심은 여러 가지다. 의사나 병원을 믿지 못한다. 환자의 말을 들으니 마음이 약해져서 입원유지를 할 수 없다. 면회 시 환자 상태를 봤는데 약 부작용이 너무 심해 보여 퇴원을 결심한다. 원무과에서 약 부작용은 꼭 거쳐야 하는 과정이니 조금만 두고 보자고 아무리 설득을 해도 듣는 보호자가 없었다.

좋아져서 퇴원하는 경우 문제될 것이 없다. 문제는 나빠져서 퇴원하는 경우이다. 매스컴에서도 정신병 환자가 사건을 일으킬 경우 왜 정신병원은 그 환자를 퇴원시켰는가? 하고 병원에 비난의 화살을 돌리는 경우가 있다.

정신병원은 꼭 비난을 면하기 위해서가 아니라 법적으로 보호자들이 퇴원을 원할 시 거부하고 강제적으로 더 입원을 시킬 수가 없다. 그래서 보호자들에게 퇴원하면 자, 타해 위험성이 크니 위험 부담을 지고 책임을 지겠다는 서류를 받는다. 이를 의료진 충고 거역 퇴원 DAMADischarge Against Medical Adcive이라고 한다. 이 외에 병원에 따라 추가적으로 서류에 서명을 요구할 수 있다.

서류를 받는다고 병원에 면죄부가 주어지는 건 아니지만 병원에서 할 수 있는 최대한의 조치이다. 직접 있었던 일을 적어본다.

젊은 남자 환자가 입원해서도 폭력적이고 외부에 나올 일이 있었을 때

도주를 하는 등 예후가 매우 안 좋았다. 형이 의사라 정신과 약에 대해 부정적 인식_{부작용에 대한}이 있었던 듯 하고 부모님도 동의하셔서 병원의 필사적인 반대에도 불구하고 보호자들이 책임을 지고 병원에 책임을 묻지 않겠다는 서류에 사인을 하고 퇴원을 했다.

　며칠 후 젊은 남자에 의한 부모 살인사건이 났고 우리 병원에서 퇴원한 환자라는 사실이 확인되었다. 남자는 구속되었고 응급 입원으로 다시 형사와 함께 병원으로 왔을 때 살인자라는 느낌은 안 들었다. 오히려 병원에 있을 때 더 흥분한 모습이어서 그 흥분이 가라앉을 때까지 입원을 유지하고 상태가 좋아져서 퇴원했으면 어땠을까 생각해본다.

입원도 치료의 한부분입니다

입원이 필요할 정도라면 이미 상태가 많이 악화된 상태인 경우가 많다. 악화된 상태를 호전시키기 위해서 약을 세게 쓰는 편이다. 악화된 증상이 잡히면 약을 줄여나가면서 어느 정도의 용량에서 안정적으로 생활이 가능한지 판단 후 유지하면서 다른 부작용은 없는지 확인한다.

이렇게 약을 조절하면서 재발을 막고 환자에게 병에 걸렸다는 자각을 키워주기 위해 주치의가 면담한다. 자신이 정신병이 있는 상태라는 것을 알아야 진료에 더 적극적으로 임하고 약도 거부감 없이 잘 받아들이기 때문이다.

약 조절과 병 자각의 시간이 쉬울 것 같지만 그렇지 않다. 입원할 정도의 상태라면 병이 많이 진행된 상태이고 그 과정에서 자신이 정상이라는 생각을 해왔기 때문에 병원에도 가기를 거부한 것이다. 자기 만의 방, 자기 만에 성에서 계속 벽을 더 높이 쌓고 공고히 다진 것이다. 이 높고 단단한 성벽이 단 한 차례 진료로 깨진다는 건 말도 안 된다. 그야말로 계란으로 바위치기 격이다. 의사는 여러 가지 상담요법으로 환자의 단단한 방어기제를 풀어야 한다.

도저히 같이 생활할 정도가 안 되어 억지로 입원 당했으니 그 환자의 병을 떠나서 생각자체를 바꾸는 게 쉽지가 않다. 약 조절은 빠르면 2주가 지난 시점부터 가능하고 한 달이면 적정 용량을 찾아간다. 약에 대한 반응이 좋지 않다면 이 기간은 더 길어진다.

중학교 교사를 하다가 발병한 환자가 있었다. 상태가 급격히 안 좋아져서 타의원에서 진료의뢰서를 갖고 정신병원으로 왔다. 접수를 하는데 환자가 안절부절 하지 못 한다. 가만히 있지를 못하고 계속 접수대 앞으로 와서 "저 엄마가 가짜 엄마인데, 나를 입원시키려고 하고 있어요. 저는 정상이에요."라고 속삭인다. 다시 자리에 앉았다가 같은 말을 하는데 말이 앞뒤가 바뀌었다. 당시 나는 이 환자 입원해야 한다는 생각이 바로 들었다. 입원할 정도로 심한 환자의 말을 들으면 제게 도대체 무슨 말인지 이해하기 힘든 경우가 많다. 무슨 일인지 논리로 말을 맞추기가 무척 난해하고 불가하다. 이 환자의 말이 딱 그랬다.

입원하면 금방 좋아질 줄 알았다. 초기 발병이고 급격하게 안 좋아졌지만 그 기간이 짧아서 진료시기가 좋았기 때문이다. 하지만 몇 달이 지나도 좋아지지 않았고, 약 때문인지 더 나빠 보이기도 했다. 약을 몇 번 바꿨으며 바꿔도 크게 나아지지 않았다. 3개월 정도 입, 퇴원을 반복했는데 크게 나아진 게 없어서 많이 안타까운 환자 중 하나였다. 그러다 잠시 방문이 뜸했고 이후 다시 병원을 찾은 환자는 놀라울 정도로 호전되어 있었다. 살이 좀 찌긴 했지만 일반인과 같았다. 물어보니 사실 이 병원 약이 안 맞는 것 같아서 다른 병원에 입원했는데 그 병원 약 먹고 금방 괜찮아졌다고 했다. 약도 한 알만 먹는다고 했다. 복직도 하고 잘 지낸다는 말에 안도감과 함께 축하해 줬다.

내가 너무 욕심을 낸 건 아닌가 싶어 미안했다. 약이 효과를 보려면 길면 한 달도 걸릴 수 있다고 환자하고 보호자를 설득했었기 때문이다. 이후부터는 환자에 호전되는 정도가 더디면 우리 병원만 믿으라고 강하게 권하지는 않게 되었다. 약을 쓴지 기간이 오래 되었는데 그대로인 것 같으면 과감하게 주치의와 상담하고 답을 얻어야 한다.

병을 꾸준히 자각해야 합니다

병식Insight into disease이란 병에 걸린 사실을 알고, 병의 증세를 스스로 알아챌 수 있는 상태를 뜻한다. 앞에서 계속 병식이 형성되지 않은 사례만 들었다. 이번엔 스스로 병식이 생겨서 고친 사례를 작성해 본다.

정신 장애인들은 병식이 결여되어 있어 정신과 의사가 정신병을 진단하는데 도움이 되기도 한다. 실제로 진료를 보며 병식 여부를 판단하기 위해 증상을 말하며 이렇지 않나요? 라고 질문하며 진료하기도 한다. 이렇게 진단하는데 도움도 주지만 병식이 있어야 환자 스스로 치료의지가 생기고 약을 먹는 이유가 형성되기 때문에 병식은 정신병을 판단하는 바로미터가 되기도 한다. 병식이 없으면 정신과 환자는 그저 보호자의 강요로 인해 억지로 정신과를 다니고 약을 먹는 것 밖에는 되지 않는다. 보호자가 언제까지 같이 있어줄 수 없기 때문에 정신과에서 병식 형성은 최우선 과제이기도 하다. 하지만 실질적으로 병원에 입원해 있는 환자의 대부분이 병식 형성이 안 되어 왜 내가 입원해 있는지 모르는 환자가 절반 이상이다. 영원한 숙제를 안고 있는 것이다.

그렇다면 병식이란 무엇일까? 감기에 걸리기 전 감기 기운이 돌고 감기가 들 것 같다는 생각이 들 때가 있다. 물론 몸에서도 여러 가지 증상들이 느껴진다. 이런 상태를 알고 감기에 들기 전 예방하는 사람들이 있다. 그 방법은 다양하다. 민간요법을 쓰는 사람, 약을 미리 먹는 사람 등등 살면서 터득한 자신만의 방법이 있다.

빈혈이나 당뇨, 저혈압 등 지병을 앓고 있는 사람들 중에는 어지러움증이나 쇼크가 올 것 같으면 자신 만에 방법으로 그 증상을 누그러뜨리고 억제시킨다. 당이 떨어질 것 같으면 평소 챙겨서 가지고 다니는 사탕이나 초콜렛등을 먹기도 하고, 큰 움직임을 피하고 앉아서 휴식을 취한다. 크게 심호흡하고 필요시 약을 먹기도 한다.

운동선수나 신체적으로 몸을 많이 쓰는 사람들이나 태생적으로 탈골이 잘 되는 사람들이 있다. 이런 사람들은 어떤 동작을 하면 탈골이 되는지 알고 탈골이 되면 어떻게 해야 다시 맞출 수 있는지 그 방법을 알고 있다. 이들은 내과적, 외과적으로 병을 지니고 있다가 오랜 세월 병을 안고 지내 와서 자신 만에 대처방법이 생긴 것이다. 그래서 다른 사람이 그런 모습을 처음 보면 당황하고 신기해 하지만 환자 본인은 무덤덤하다.

이러한 모습은 정신병에도 대입할 수 있다. 그렇다면 정신병의 전조 증상은 어떻게 나타날까?

- 머릿속이 복잡하고 의심이 많아지며 남들이 나를 헤칠 것 같다는 생각이 심해진다.
- 가슴이 두근거리며 옥죄는 것 같고 답답하다.
- 불안한 기분을 떨칠 수가 없고 누군가 자신을 덮치거나 지배할 것 같다는 생각이 든다. 이때 누군가는 꼭 사람에 한정하지 않는다.
- 조현병의 경우, 환각이 보이고 환청이 들린다.
- 조증이 올라오면 자신의 능력이 갑자기 100배로 올라서 모든 것을 다 할 수 있을 것 같다.
- 소비와 지출이 심해지고, 자신이 가지고 있는 것을 다 내주기도 한다. 반대로 다 자신의 것이라면서 물건을 다 가지려고 한다.
- 우울에 빠지면 자해충동이 올라와서 자해할 물건을 찾고 물건을 못 찾으면 손톱으로 자기 몸에 긁거나 상처를 낸다.
- 갑자기 살고 싶은 의욕을 상실하여 자살을 생각하고 행동으로 실행한다.

위와 같은 증상이 지속적으로 심해져서 자발적으로 정신과 진료를 받으러 왔고, 상담과 약물 복용을 통해 발병 과정이 멈춘 사례가 있다. 그러므로 정신적으로 안 좋아지는 것을 부끄럽고 회피하려고 하지 말고 적극적으로 치료 방법을 찾는 것이 좋은 병식 형성이다. 특히나 공황장애는 갑자기 찾아오는데 그럴 때 이게 공황상태라고 아는 것과 모르는 것은 천지 차이이다. 자신의 병식을 깨닫지 못하면 혼란스러운 상태에 빠져 공황이 더 진행될 수 있다.

병식을 자각한다는 것은, 자신의 정신을 의심하고 주위에 병이 있다고 널리 알리라는 말이 아니다. 증상을 알고 대비하자는 취지이다. 자기관리 차원에서 쉽게 쓴 의학 서적이나 에세이를 보면 도움이 많이 될 것이다.

그렇다면 입원한 환자의 병식 형성은 어떻게 하는가? 해당 병원의 주치의가 한다. 이미 정신 병원에 입원한 환자는 병식을 형성하기가 어렵기 때문이다. 입원 환자는 이미 증상이 진행되었고 약을 먹어도 환각과 환청이 완전히 사라지지 않는다. 자신이 인식하는 감각기관을 통해 잘못된 정보가 주기적으로 들어오므로 어느 것이 정상인지 판단하기 힘들어 하는 경우가 많다. 환각과 환청이지만 환자에게는 여전히 사실이기 때문에 거짓이라고 인정하기도 쉽지 않다. 특히 정말 중증의 환자는 환청대로 행동하려는 경향이 아주 강하다.

이러한 증상은 약으로 어느 정도 완화시킬 수 있다. 약물로 증상을 완화시킨 상태에서 환각, 환청을 무시하는 것이 병식을 갖는 최선의 방법이다. 약으로 환청이 줄어들었으면 주치의 교육에 따라 환청을 무시하는 것도 가능해진다. 이러한 방식으로 주치의와 상담하며 병식을 형성한다.

병식 형성은 의사마다 스타일이 다르다. 환자 말을 들어주면서 유도하는 방법, 퇴원이나 목표형성으로 유도하는 방법, 증상과 약의 효과를 알려주고 교육하는 방법이 있으며 때로는 혼내고 윽박지르면서 형성하기도 한다.

환자 입장에서는 어떨까? 한 가지 사례를 든다. 명문대 정치학과를 우수한 성적으로 졸업한 환자이다. 정치 활동을 열심히 하고 여러 기관장들을 찾아다니는 과정 중 발병한 것으로 보였다. 이 환자는 자, 타해 위험이 적었으나 돈을 있는 대로 다 써버리고 기관들을 계속 방문하며 귀찮게 하고 매달리는 바람에 입원하게 된 케이스였다. 그러므로 보호 입원을 할 환자였는데 어머니가 늦게 오는 바람에 내가 가지 못하게 붙잡아 두어야 했다. 환자는 어머니가 복제되어서 4명인데 지금 오는 엄마는 가짜라고 말했다. 입원시키는 이유는 내가 입원하면 엄마에게 돈이 떨어지기 때문이라며 엄마를 나쁜 X이라고 욕했다.

이 환자는 재발한 환자라 입원기간이 길었다. 좋아지기 힘들 거라 생각했다. 근데 시꺼멓던 얼굴이 점점 밝아지고 하얘지더니 증상을 몰라 볼 정도로 좋아져서 퇴원했다. 병식도 생겨서 퇴원 후 혼자서 외래를 다니게 되었다. 하루는 외래 차 방문한 환자에게 말을 건넸다.

> "병을 인정하고 스스로 약 타러 오니 얼마나 좋아요. 엄마도 한 명이고 진짜 맞죠?"
>
> "아니요. 엄마는 가짜에요."
>
> "...."

이제 엄마에 대한 잘못된 환상도 깨졌겠지 하고 환자에게 물어봤는데, 예상과는 다른 대답을 들었다. 병식이 생겨도 저 환상은 깰 수가 없다는 점이 안타까웠다. 그래도 엄마하고 한 집에 살며 소통도 무리 없이 주고받으며 살고 있다. 환상이 무시되는 것이다. 가족도 이런 환상에 대해서 몰아붙이지 않는 듯하고, 점점 사회활동을 하는 등 예후도 좋다.

이 때문에 정신병원에서는 가족교육을 중요시 한다. 가족들이 정신병이 있는 환자에게 어떻게 대해야 하는지 모르면 환자는 환자대로 힘들고 가족은 가족대로 힘들면서 서로의 감정과 오해의 골이 깊어지기 때문이다. 대부분의 사람들은 환자가 환각을 보면 저기에는 아무것도 없는데 왜 그러냐고 흥분한 어조로 다그치기 쉽다. 그것은 환자의 입장에서 환각을 보지 못해서 공감하고 이해하지 못해서 발생하지만, 환자 입장에서는 가족을 믿지 못할 사람으로 생각하고 적으로 규정하게 만드는 이유가 된다. 실제로 환각이 계속 공격을 당하면 환각이 가족이 너를 무시하고 방해한다. 너를 죽이려 하니 니가 먼저 죽여라 하는 내용으로 변질되기도 한다.

가족 중 정신병을 앓는 사람이 있다면 가장 좋은 방법은 인정하는 것이다. 그리고 환각에 대해서 자세히 묻지 말아야 한다. 환자가 보는 것보다는 봄으로 느끼는 감정에 공감해주고 이해해줘야 한다. 사실 환각을 보고 환청을 듣는다고 해서 가족에서 직접적으로 피해를 주지는 않지 않나? 피해가 발생할 정도면 입원을 해야 한다. 약을 잘 먹고 환각, 환청 비율이 줄어들면 보이고 들려도 무시하면서 생활이 가능하다. 이게 실제 사례다.

유명한 사례로 미국의 수학자이자 노벨상을 받은 존 내쉬가 있다. 존 내쉬의 사례는 '뷰티풀 마인드'라는 실화기반 영화로 조현병 환자 가족들이 꼭 봤으면 한다. 말미에 환각이 등장하면서 왜 자신을 보고 있으면서 안 보이는 척하냐며 따지는 장면은 환각을 극복하는 모습을 아주 잘 보여준다.

병식만 형성되면 환자는 스스로 자립할 가능성이 월등히 높아진다. 가족이나 친지들도 사실을 알려주려고 하는 것보다는 병을 인정하고 자립을 지지해주는 것이 좋다.

만나고 몰입하세요

자신에게 맞는 약을 찾았고 증상도 조절됐으면 치료가 끝난 것일까? 물론 여기까지 오는 것도 쉽지 않았을 것이다. 한 번 틀어진 정신이 제정신으로 돌아오기만을 바랐을 것이니 말이다. 그러나 제정신으로 돌아왔다고 바로 일상생활로 돌아갈 수 있다고 판단하면 안 된다. 겉으로는 그렇게 보여도 환자가 실제로 어떻게 느끼고 있는지는 환자 본인만 알기 때문이다. 의사도 모른다. 환자를 지켜보고 판단할 뿐이다. 따라서 원래의 활동범위와 사회생활로 돌아가려는 환자에게는 만남과 몰입이라는 두 가지 키워드를 기준으로 재활한다.

만남 Meet

바로 학업 및 직장 생활로 돌아가기는 힘이 든다. 물론 환자가 할 수 있다고 의욕을 보이면 주치의와 상의 후 시도해보는 쪽으로 나아갈 수 있겠다. 일반적으로는 일어나기 어려운 상황이다. 따라서 환자는 일차적으로 보호자들과 주로 지내면서 대화를 나눈다. 대화 내용과 사고가 발병 전 수준을 보인다면 이후 가까운 친구 및 친척들과 만나며 점진적으로 인간관계를 자연스럽게 확대하고 익히는 게 좋다. 약으로 증상을 조절하면서 일상생활은 가능하니 사회생활까지 폭을 넓히는 것이다.

이러한 만남Meet 과정은 서두를 필요가 없다. 일부러 인간관계를 넓히는 게 아니라 발병 전 수준으로 끌어올려 자연스럽게 하는 것이 목표이다. 발병한 환자라고 해서 사회생활에 너무 소극적으로 대처하고 보호하는 것이 능사는 아니다. 능동적으로 자신이 할 일을 찾는 것이 자아에 갇힌 것보다 훨씬 좋다고 한다.

몰입Flow

병을 알고 병만 바라보고 생각할게 아니라 다른 목표를 위해 나아가면 병도 잊을 수 있고 낮아진 자존감을 높을 수 있다. 병동에서 여러 가지 프로그램을 하고 취미활동을 권장하는 것도 자신에게 맞는 활동을 찾으면 환각, 환청을 무시할 수 있고 중독증상을 잊을 수 있기 때문이다.

퇴원을 하고 난 뒤에는 병동 안보다 더 넓은 세상이 펼쳐진다. 선택할 거리도 많다. 제한된 병동 안에서 있다가 나가면 무엇을 할지 너무 과하게 계획하는 사람도 있는데 이럴 땐 보호자가 제동을 주어야 한다. 이제 조금 나아졌을 뿐인데 너무 무리하면 다시 병이 도지거나 조증 상태로 만들기 때문에 재입원하기 쉽다.

천천히 한 가지에 몰입할 수 있는 것을 찾아서 하나씩 결과물들을 내보는 활동을 하자. 몰입Flow은 무언가에 흠뻑 빠져 있는 심리적 상태로 최상의 행복감을 주기도 한다. 긍정적이고 발전적인 행동을 하고 그 결과물을 눈으로 보자. 성취감과 함께 건강한 자아를 되찾게 될 것이다.

낮병원과의 만남

퇴원은 했는데 상태가 불안정하다면 어떻게 해야 할까? 입원 치료는 필요하지만 잠은 집에서 자는 방법은 없을까? 있다. 그것은 바로 '낮병원Day hospital'이다.

생소한 용어일 수 있다. 하지만 말 그대로이다. 낮 동안에는 병원에 있다가 오후가 되면 퇴원하는 방식이다. 주로 병원에서 많이 진행하며, 의원에서 하는 곳도 있고 드물게는 정신건강센터에서 사회재활 프로그램으로도 진행한다.

가장 확실한 방법은 병원에 낮병원도 운영하는 병원인지 문의하는 것이다. 입원 병상이 200개가 넘는 병원이면 낮병원도 운영할 확률이 높다. 사회복지사가 많으면 확률은 더 올라간다. 낮병원 프로그램은 사회복지사가 진행하기 때문이다. 내가 있던 병원은 원무과와 낮병원이 붙어 있어서 환자들과 프로그램 진행을 많이 봤다. 병동에 많이 올라갈 기회가 없는 원무과 직원이 실제 환자를 많이 만나고 볼 수 있었던 가장 큰 이유이기도 하다.

낮병원은 자의 입원으로 환자가 원해야 진행할 수 있다. 자율성이 부여되며 스스로 참여해야하는 프로그램이 많다. 강제성이 없어서 그냥 나오기만 하고 프로그램은 참여하지 않는 환자도 있다. 대체로 보호자가 강권해서 나오게 된 환자에게서 많이 보인다. 이들도 자신이 좋아하는 프로그램이 진행되면 슬며시 참여하기도 한다.

프로그램 참여를 안 하면 낮병원에 나가나 마나 한 것 같지만 그렇지 않다. 일단 매일 씻고 옷 입고 대중교통을 이용하여 낮병원까지 오는 과정이 있다. 지각하는 경우도 있다고 하여도 음성증상을 보이며 집에만 있는 것보다는, 주기적인 관찰이 없어 상황이 악화되는 줄 모르는 것보다는 훨씬 개선의 여지가 있다.

약 먹는 시간도 챙길 수 있다. 보호자가 매일 곁에 있어서 약 먹는 걸 챙겨주면 좋겠지만 불가능한 경우가 많다. 낮병원에 보내면 점심약은 먹게 되니 저녁약만 관리하면 된다. 신기하게도 약에 대해 거부감을 갖는 환자여도 낮병원에서 다 같이 약을 먹을 때는 거부감 없이 잘 먹는 편이다. 정수기 앞에 나란히 줄 서 있는 게 사랑스럽기까지 하다.

낮병원에서는 정신병을 가졌다는 사실이 부끄럽지 않다. 다 환자들이기 때문에 동질감도 느끼고 서로 크게 관여하지 않는다. 혹시라도 다툼이 일어날 조짐이 보이면 사회복지사들이 제지하고 바로 주치의에게 보고되고 추가약이나 주사처방을 한다. 이후 안정이 되면 다시 프로그램 참여 의향을 물어보고 진행하거나 귀가 조치한다.

프로그램은 사회복지사 지도하에 진행하거나 전문자원 봉사자, 전문 강사가 진행한다. 병동에 있을 때와 비슷한 프로그램도 있고 낮병원 만에 프로그램도 있다. 다른 점은 오픈된 공간에서 진행이 되고 더 다양한 활동을 할 수 있다는 것이다. 소풍을 가는 등 외부로 나가기도 한다.

인원은 병원 규모에 따라 다르다. 또한 매일 내원하지 않고 특정 요일을 정해 나오는 환자도 있기 때문에 날마다 인원이 다르다. 적으면 10명 내외 많으면 30명 내외이다. 큰 행사가 있을 때는 50명이 넘기도 한다. 보호자도 내원하여 참관할 수 있다.

직업재활 프로그램도 있다. 낮병원 안에서 진행하기도 하고 기관과 연계하여 일자리를 소개해주기도 한다. 아르바이트 형식으로 외부에서 일감을 받아 진행하기도 하고 원내 카페에서 일하기도 한다. 원내에서 이루어지기 때문에 환자에게 부담이 적고 본인의 힘으로 돈을 벌수 있어서 성취감과 자존감 또한 높일 수 있다. 기능이 좋은 환자는 실제로 다른 회사에 취직을 한다. 출퇴근길에 본 환자가 있다. 2년 정도 잘 다니다가 다시 낮병원에 나오셔서 물어보니 다시 힘들어져서 낮병원 다니면서 안정을 취하고 다시 취업하겠다는 의지를 보였다.

다른 환자분도 낮병원에 다니며 취업알선 프로그램으로 취업에 성공하여 낮병원을 퇴원하고 취업활동을 했다. 그러나 그 분은 다시 낮병원으로 돌아오지 않았다. 그래도 외래는 꾸준히 다녀서 궁금해서 물어보았다. 왜냐하면 한 번 낮병원에 다닌 환자는 다시 낮병원에 다니고 싶어하는 경우가 많기 때문이다. 거기에다가 이분은 오래 다녔고 취업에 성공한 좋은 케이스이기 때문이다. 그분은 일은 몇 달 전에 그만 뒀고 낮병원에 다니는 것보다는 집에 있는 게 더 좋아서 그냥 쉬고 다른 일을 찾고 있다고 했다.

이와 같은 사례를 접하며 낮병원 운영이 확대되어야 한다고 생각하게 되었다. 입원이 필요한 만큼 중증은 아니지만, 일상적인 관리가 필요하거나 사회로 돌아갈 준비를 하는 환자들에게 낮병원은 가장 적합한 선택지가 아닐까? 환자가 무기력하고 사람들하고 잘 안 어울리려고 한다면 낮병원을 생각해 보기 바란다. 환자들이 가진 무궁무진한 개성을 긍정적으로 끌어올릴 수 있을 것이다.

A.A. 모임에 참여하시겠습니까?

'A.A.'란 'Alcoholic Anonymous'로 즉 익명의 알코올 중독자들이라는 뜻이다. 알코올 중독자들이 자신의 신분을 밝히지 않고 모여서 자신의 음주 경험을 고백한다. 고백 후 단주 의지를 밝히며 여러 익명의 알코올 중독자들로부터 격려와 지지를 받는다. 우리나라에서는 생소한 문화로 할리우드 영화에서 이런 모습이 보이기도 한다. 한 방에 동그랗게 의자에 앉아서 나는 누구라고 가명으로 이름을 말하고 자신의 경험을 돌아가며 이야기 하는 방식이다.

처음에는 중독자들이 모여서 자신의 경험을 이야기한다는 게 이해가 되지 않았다. 더 많은 경험들을 간접경험하게 해서 더 중독을 부추기는 것 아닌가? 혹은 중독자들끼리 만났으니 모임 종료 후 마음에 맞는 사람들끼리 술을 마시러 가는 것 아닌가? 오히려 술친구를 만들어주는 모임이 왜 정신병원에서 권장되는 모임인지 이해가 되지 않았다. 같이 근무했던 선배도 알코올 중독자끼리 모였으니, 분명히 끝나고 술 먹으러 가고 다시 입퇴원을 반복할 사람들이라고 우려 섞인 시선을 보냈었다.

그러다 정신건강의학관련 서적을 읽어나가면서 종종 A.A. 모임을 언급하는 것을 읽을 수가 있었다. A.A. 모임을 언급한 책들 모두가 A.A. 모임에 대해서 긍정적으로 보고 단주 외에는 다른 목적이 없는 모임으로 중독을 끊고자 하는 사람들에게 최적의 모임이라는 설명을 듣고 깜짝 놀랐다. 모든 책들에서 지지하는 모임인 A.A. 모임에 호기심이 일었다. 알아보니 필자가 근무하는 병원에서도 매주 2번씩 A.A. 모임이 이루어지고 있었다. 그들을 방해하지 않는 선에서 조금씩 자세히 살펴보기로 했다.

A.A.는 사회자의 인사와 어떤 선언으로 시작된다. 12단계와 12전통으로 12단계는 A.A. 멤버가 겪는 시행착오와 경험에 기초를 둔다. 단주를 성공하려면 믿는 자세와 활동이 중요하다. 그것을 단계별로 만든 것이다.

A.A. 12단계

1단계: 우리는 알코올에 무력했으며, 우리의 삶을 수습할 수 없게 되었다는 것을 시인했다.

2단계: 우리보다 위대하신 '힘'이 우리를 본정신으로 돌아오게 해 주실 수 있다는 것을 믿게 되었다.

3단계: 우리가 이해하게 된 대로, 그 신의 돌보심에 우리의 의지와 생명을 맡기기로 결정했다.

4단계: 철저하고 두려움 없이 우리 자신에 대한 도덕적 검토를 했다.

5단계: 우리의 잘못에 대한 정확한 본질을 신과 자신에게 그리고 다른 어떤 사람에게 시인했다.

6단계: 신께서 이러한 모든 성격상 결점을 제거해 주시도록 완전히 준비했다.

7단계: 겸손하게 신께서 우리의 단점을 없애 주시기를 간청했다.

8단계: 우리가 해를 끼친 모든 사람의 명단을 만들어서 그들 모두에게 기꺼이 보상할 용의를 갖게 되었다.

9단계: 어느 누구에게도 해가 되지 않는 한, 할 수 있는 데까지 어디서나 그들에게 직접 보상했다.

10단계: 인격적인 검토를 계속하여 잘못이 있을 때마다 즉시 시인했다.

11단계: 기도와 명상을 통해서 우리가 이해하게 된 대로의 신과 의식적인 접촉을 증진하려고 노력했다. 그리고 우리를 위한 그의 뜻만 알도록 해주시며, 그것을 이행할 수 있는 힘을 주시도록 간청했다.

12단계: 이런 단계들의 결과, 우리는 영적으로 각성되었고, 알코올 중독자들에게 이 메시지를 전하려고 노력했으며, 우리 일상의 모든 면에서도 이러한 원칙을 실천하려고 했다.

12전통은 오랜 세월동안 A.A. 모임이 유지된 비결이자 전통이다. 자신이 단주를 지키고 다른 알코올 중독자들이 술을 끊도록 도와주는 공동 관심사를 갖고 있는 단체로서 모임의 진정한 취지를 기존의 멤버들이나 새로 나온 사람들 모두에게 일깨워주는 중요한 역할을 한다.

12 전통

1. 우리의 공동 복리가 무엇보다 우선되어야 한다. 개인의 회복은 A.A.의 단합에 달려 있다.

2. 우리의 그룹 목적을 위한 궁극적인 권위는 하나이다. - 이는 우리 그룹의 양심 안에 당신

자신을 드러내 주시는 사랑 많으신 신(神)이시다. 우리의 지도자는 신뢰받는 봉사자일 뿐이지 다스리는 사람들은 아니다.

3. 술을 끊겠다는 열망이 A.A. 멤버가 되기 위한 유일한 조건이다.

4. 각 그룹은 다른 그룹이나 A.A. 전체에 영향을 끼치는 문제를 제외하고는 반드시 자율적이어야 한다.

5. 각 그룹의 유일한 근본 목적은 아직도 고통 받고 있는 알코올 중독자들에게 메시지를 전하는 것이다.

6. A.A. 그룹은 관계 기관이나 외부의 기업에 보증을 서거나, 융자를 해 주거나, A.A.의 이름을 빌려 주는 일 등을 일체 하지 말아야 한다. 돈이나 재산, 명성의 문제는 우리를 근본목적에서 벗어나게 할 우려가 있기 때문이다.

7. 모든 A.A. 그룹은 외부의 기부금을 사절하며, 전적으로 자립해 나가야 한다.

8. A.A.는 항상 비직업적이여야 한다. 그러나 서비스센터에는 전임 직원을 둘 수 있다.

9. A.A.는 결코 조직화 되어서는 안 된다. 그러나 봉사부나 위원회를 만들 수는 있으며, 그들은 봉사 대상자들에 대한 직접적인 책임을 갖게 된다.

10. A.A.는 외부의 문제에 대해서는 어떠한 의견도 가지지 않는다. 그러므로 A.A.의 이름이 공론에 들먹여져서는 안 된다.

11. A.A.의 홍보 원칙은 요란한 선전보다 A.A.본래 매력에 기초를 둔다. 따라서 대중 매체에서 익명을 지켜야 한다.

12. 익명은 우리의 모든 전통의 영적 기본이며, 이는 각 개인보다 항상 A.A.원칙을 앞세워야 한다는 것을 일깨워 주기 위해서이다.

종교적으로 비칠 수 있으나, 종교의 신은 어느 종교든 상관이 없다. 본인이 종교가 없다면 자기보다 강한 힘을 가진 존재로 설정해도 무방하다. A.A. 모임은 실제로 알코올 중독자였던 사람이 영적체험을 통해 단주를 성공하고 그 방법을 지속적으로 유지하고 삶을 진보시키기 위해 A.A. 모임을 만들었다. 그래서 영적인 힘을 표현하기 위해 신을 매개로 할 뿐이다. 유명한 정신과 의사이자 심리학자인 칼 구스타프 융도 다음과 같이 말했다.

"자신이 할 수 있는 것이 더는 없다고 느낄 때 상당수의 중독자가 최후의 수단으로 신에게 의지한다. 오직 신만이 온전한 정신을 되찾고 단주를 성공하게 해줄 유일한 의망이라고 느끼기 때문이다."

"세상을 지배하고 있는 악의 정령은 우리가 미처 자각하지 못하는 영적인 욕구를 지옥으로 이끕니다. 저는 이에 맞서기 위해서는 진정한 종교적 통찰력을 지니거나 인간 공동체의 방어벽에 의해 보호받아야 한다고 굳게 믿습니다. 평범한 사람이 보호를 받지 못하고 사회에서 고립된다면, 사악한 힘 앞에 속수무책일 것입니다. 우리는 그런 사악한 힘을 악마라고 부릅니다. 라틴어로 술을 뜻하는 'spiritus'는 최고의 영적 체험을 뜻하는 단어이기도 합니다. 우리를 극도로 타락시키는 독약과 영적 체험이 같은 단어인 것입니다. 그러니 사악한 술에 가장 좋은 해독제는 영적인 힘이 아닐까 싶습니다."

A.A. 모임에는 강요가 없다. 모든 것은 단주 의지를 가지고 있는 중독자 본인 스스로 선택할 문제이다. 단주에 있어서 제3자의 힘에 의지할 필요가 있기 때문에 모임에 참석할 뿐이다. 그러다보니 A.A. 모임에 나간다고 해서 모두 단주에 성공하는 것은 아니다. 실제로 술을 먹고 모임 장소

에 나온 사람도 있었다. 그렇지만 단주 의지를 가지고 순수하게 모인 그들을 단순히 중독자라고 비난할 이유는 없어 보인다. 12단계는 그것을 줄이고 줄여서 요약한다면 두 가지 단어로 표현 할 수 있다. 그것은 '사랑'과 '봉사'이다. 그들의 의지가 긍정적인 연대로 승화되길 바란다.

약물 오남용에 주의하세요

사실 병원에서 일만 할 때는 약을 많이 쓰던 적게 쓰던 크게 상관하지 않았다. 그냥 안타깝다는 생각이 들 뿐이었다. 하지만 책을 써야겠다고 마음을 먹고 정신건강 관련해서 닥치는 대로 책을 읽다 보니 약 조절이 굉장히 중요한데 정신병원에서 관례적으로 약을 많이 쓰는 건 아닌가 하는 생각이 들었다. 전문 의료진이 아니라서 약을 가지고 이 처방은 잘못된 것이라고 말할 수는 없다. 하지만 약을 처방 받고 증상이 좋아졌는데 몇 년이 지나도 계속 같은 용량의 약을 먹는다면 이상한 것이 아닌가?

무조건 약을 줄여야 한다는 주장이 아니다. 최적의 용량을 찾기 위해 혹은 약을 끊기 위해 조금의 노력과 시도가 있었느냐가 포인트다. 약을 줄이면서 한 알로 증상 조절이 가능하다면 다섯 알 이상 먹는 것은 누구를 위한 것인가? 환자가 병원 안에서 약을 먹는 것을 보면 아무렇지 않을 것이다. 병원 밖에서 가족이나 지인이 정신과 약을 다섯 알 이상 먹는 것을 보았는가? 바라보는 입장에서 기분이 썩 좋을 수는 없다.

사회생활하면서 타인이 약을 먹는 장면을 보는 것은 자주 있는 일이 아니다. 정신과에서 근무하는 사람들은 약을 먹는 장면을 많이 봐서 익숙하다. 그 약이 꼭 정신과 약이 아니라도 말이다. 그러나 만약 정신과와 관련 없는 사람이 타인이 정신과 약을 먹는 것을 본다면 어떨지 상상이 안 간다. 죄를 진 것도 아닌데 죄 지은 사람 취급 하지 않을까? 정신과에 대한 인식이 많이 개선되고 오픈되었다고 하지만 한 주먹이나 되는 약을 먹는 환자를 보면 대중들은 어떻게 생각할까? 이렇게나 많은 약을 먹는구나 하고 안쓰럽게 생각할까?

물론 그 약이 정신과 약인지는 알 수 없어서 어디가 아픈가보다 하고 넘어갈 수도 있다. 친분이 깊지 않다면 충분히 그냥 넘어갈 수 있는 부분이다. 하지만 친분이 생겨서 어디가 안 좋기에 그렇게 많은 약을 먹어? 라고 물어봤을 때 정신과약이라고 한다면 다르게 보지 않을까? 걱정된다. 실제로 연인 사이인데 정신과 약을 먹는 모습을 들켜서 헤어지는 사례도 있다.

간단하게 한 알만 먹는다면 먹는 환자도 편하고 보는 입장에서도 그렇게 심한 병은 아니구나 하고 무슨 약인지 관심도 없지 않을까 한다. 처음 약 봉투 봤을 때 충격이 아직도 가시지 않는다. 약이 꽉 차 있는데 빨강, 파랑, 초록, 노랑 등 알록달록했고 크기도 다양했다. 이 많은 약을 먹는다니 정신병이라는 게 생각보다 치료하는 게 어렵구나라고 느꼈다. 이렇게 힘든 질병인데 사회적 관심과 지원이 적다는 안타까움도 일었다.

물론 정신병이 악화되어 신체적으로 난동을 부리는 환자를 조절하려면 많은 약이 필요하다. 이점에는 동의한다. 나도 제압에 참여하기 때문에 흥분한 환자가 얼마나 주변인과 환자 스스로에게 위험한지 잘 알고 있다. 그런데 그 많은 약을 언제까지 그렇게 먹어야 하는 걸까?

이를 이해하려면 정신병의 특성부터 짚어봐야 한다. 정신병은 진단이 어렵다. 증상이 여러 가지인데 일시적일 수도 있고 주기적으로 나타날 수도 있다. 그 증상들을 검증하는 건 오로지 정신과 의사의 판단으로 이루어진다. 엑스레이를 찍거나 바이러스 진단 키트를 활용하는 등 타과에서 사용하는 검사 방법으로는 정신병이라고 정확히 진단을 내릴 수 있는 게 거의 없다.

그러다 보니 의사마다 진료 결과도 다르게 나올 수 있다. 어떤 병원은 조현병이라고 했는데 다른 병원은 아니라고 할 수 있다. 세계로 발을 넓혀보면 나라마다 정부정책이 달라서 병명이 바뀔 수도 있다. 최소한의 기준으로 삼는 것은 정신질환 진단 및 통계 편람 * 이다. 다만 기준이 있어도 그 경계를 판단하기 모호해서 각 증상에 해당되는 약을 모두 쓴다고도 한다.

따라서 약을 생각했던 것보다 많은 양을 처방 받았다면 환자의 증상에 맞는지 생각해보고 꼬치꼬치 물어볼 필요가 있다. 혹시 몰라서 어떤 약을 추가를 했다고 하면 두 가지로 대응할 수 있겠다. 일단은 먹겠으나 증상이 조절되면 빼달라고 하거나, 혹시 모른다면 진단이 정확하지 않은 것 아니냐고 되물을 수도 있다.

* DSM-5, Diagnostic and Statistical Manual of Mental Disorders.

쉽지 않다는 것 알고 있다. 필자도 병원에서 약을 처방 받으면 일단은 그대로 받고 다 먹는다. 하지만 정신과 약은 복용기간이 적어도 1년 이상이다. 환자와 보호자에게는 하나씩 무슨 약인지 물어볼 권리가 있다.

여기, 예시로 두 명의 의사가 있다. 한 의사는 약이 환자에게 어떻게 작용하는지, 잘 맞는지 알아보려고 처방을 내리기도 한다. 그런 의사는 약에 대한 이해가 충분하고 해당 약이 얼마나 효과가 좋고 위험한지 알기 때문에 약을 줄이려는 시도를 많이 한다.

반면 다른 의사는 약을 적게 주었다가 환자가 증상이 심해지면, 이를 억제한다는 이유로 복합적으로 강한 처방을 낸다. 과도한 약물치료를 받은 환자는 하루 종일 자거나 해롱거린다. 결국 환자는 장기 입원으로 이어진다. 만약 강한 약 때문에 부작용 일어나면 내과적 문제라며 다른 병원에 보내 버린다.

어떤 의사의 약 처방을 받고 싶은가? 이렇게 말해주고 싶다. 처방을 받지 말고 처방을 찾으라. 의사를 불신하라는 말이 아니다. 신뢰를 가지고 6개월 이상 처방 받은 대로 먹었는데 증상에 변화가 없다면 무엇이 문제인 것인가?

정신과에 오는 사람들을 보면 능동적인 자세를 가진 사람이 예후가 좋다. 수동적인 자세는 받고 있는 치료가 누구를 위한 것인지도 모르겠다. 물론 환자라서 수동적일 수 있다. 그럴 땐 보호자들이 격려와 지지를 많이 해주자.

06

**편견에
마주섭니다.**

언덕 위의 하얀 집

'정신병원'이라고 하면 자연스럽게 떠오르는 이미지다. 왜 이런 이미지가 떠오르게 되었을까? 예전부터 정신병원에 입원해 있다는 것은 뭔가 창피하고 부끄러운 것으로 여겨 직접적으로 정신병원이라고 부르지 않고 에둘러서 하얀 집이라고 표현하고는 했다. 그러다 요양원 등 정신재활 시설이 한적한 도시 외곽에 우뚝 자리잡은 경우가 많아 '언덕 위'라는 느낌이 더해졌고 그렇게 '언덕 위의 하얀 집'이라는 이미지가 형성된 것으로 보인다. 하얀색은 환자의 심신에 안정을 주고 병원의 청결과 깨끗함을 의미한다.

하나 더, 정신병원들은 대체로 그곳에 그대로 있는 경우가 많다. 하지만 한 병원이 폐업을 했다. 그 정신병원은 우리나라 최초의 정신병원으로 언덕 위의 하얀 집 이미지에 한 몫 했었던 청량리 정신병원이다. 1945년 8월 설립되어 2018년 3월에 폐업을 한 청량리 정신병원은 1981년도에 이미 500병상 규모로 운영된 지금 봐도 엄청 큰 규모의 정신병원이다. 한 시대를 이끌어온 정신병원이고 그 시대의 여론(밈)을 형성한 세대도 지나 간 느낌이다.

2018년이면 정신건강복지법이 강화되어 강제 입원이 어려워지고 장기 입원이 점점 힘들어져 환자를 유지하지 힘든 시점이다. 거기에 병원이 본 래부터 가지고 있었던 경영문제와 건물노후, 혐오시설 논란에 대한 이미 지 탈피 실패로 폐업했다.

오늘날 정신병원에서는 하얀 벽, 하얀 철창, 하얀 침대, 하얀 시트, 하얀 옷을 찾아보기 어렵다. 사실 하얀색은 아무런 자극이 없는 무색이기 때문 에 조그마한 자극에도 이상 반응을 보일 수 있는 정신병에 최적의 색상이 기도 하다. 그러나 하얀색에 대한 강박적이고 부정적인 이미지는 청량리

청량리 정신병원. 본래 흰색이었으나 오래 되서 검게 물든 외관이 기괴한 이미지를 준다. 정신병원이라는 간 판이 뚜렷하게 보인다. 사진: ⓒ한국학중앙연구원http://encykorea.aks.ac.kr),김형수

정신병원의 몫도 있는 것 같다. 청량리 정신병원의 외벽이 하얀색이었기 때문이다. 또한 각종 드라마 및 영화에서 연출된 정신과와 관련된 이미지가 하얀색으로 표현되어 대중들에게 알게 모르게 정신병원은 하얀색이라는 암시가 있는 듯하다.

내가 본 첫 번째 정신과 병동은 서울 영등포구에 있는 모 대학병원의 정신과 병동이었다. NP[*] 병동이라고 하는데 열쇠로 열고 들어가야 했다. 당시 응급실에서 근무하던 나는 응급실을 찾은 정신과 환자를 NP 병동으로 이송해야 했다. 단단히 닫힌 문을 열쇠로 열고 들어가니 그 안은 온통 하얀색이었다. '미디어에서 연출하는 정신병원 내부 풍경은 실제를 많이 따른 것인가'라고 생각하며 놀랐던 기억이 있다.

다만 이 일도 벌써 10년 전 이야기이다. 그 병원의 정신과 병동이 폐쇄됐다는 말은 정신병원에서 일하면서 보호자들을 통해 듣게 됐다. 오래 전 이야기로 지금은 내부가 다 하얀색인 병원은 많지 않다. 외부에서는 하얀색을 더 보기 힘들 것이다. 적어도 정신병원은 겉보기로는 혐오시설이라는 핸디캡을 굳이 껴안고 가지 않을 것이다. 이제는 외부의 모습에서 거부감을 가지게 되는 것 보다는 마음의 벽을 내려놓고 정신병원을 바라볼 필요가 있다.

그럼 도시에는 정신병원이 어디에 있는 걸까? 살면서 정신병원이 근처

---

[*] 신경정신과. Neuro Psychiatry.

에 있는지 생각해 본 적 있는가? 정신병원은 생각보다 가까이에 있다. 요즘의 정신병원은 따로 건물을 내서 단독 건물로 정신병원을 운영하기보다는 상가건물을 임대하여 그 안에 정신병원이 있는 경우가 많다.

　따로 단독 건물로 있다고 해도 주위 건물들과 조화를 이루고 있어서 전혀 정신병원처럼 보이지 않는다. 또한 병원 이름도 '정신병원'이라고 타이틀을 붙이지 않기 때문에 알고 가는 경우가 아니면 정신병원인지 잘 모른다. 예시를 들면 XX병원. 이라고 되어 있다. 접수를 하는데 직원이 어디가 불편하셔서 내원하셨나요? 라고 묻는다. 감기가 걸려서 왔다고 하면 여기는 정신병원이라고 한다. 즉 XX정신병원이 아니라 다른 일반 병원들처럼 XX병원이라고 되어 있어 간판만 봐서는 그 병원이 일반병원인지 정신병원지 알 수 없는 것이다.

　내과진료를 보러 왔다가 정신과인 것을 알고 놀라거나 머쓱해서 그냥 가는 경우도 종종 있다. 그럼 우리 동네에 있는 병원이 정신병원인지 알아볼 수 있는 방법은 없을까?

　일단 병원건물을 보자. 일반종합병원이면 플래카드 및 광고가 많이 붙어있는 걸 볼 수 있다. 정신병원은 광고를 따로 하지 않는다. 실제로 홍보업체에서 홍보를 권하러 온다. 인근 지하철 관계자는 병원 위치를 묻는 문의가 많아서 지하철역사내 광고를 해주시면 안 되냐고 요청하기까지 했다. 원무과 사원인 내 입장에서는 광고를 하면 좋을 것 같았다. 광고단가도 그리 비싸지 않았다. 하지만 광고를 진행하지 않았다. 시간이 지나서 생각해보니 정신병원 광고는 자충수가 될 수 있다.

최초의 정신병원도 결국 기괴한 이미지를 깨지 못했다. 동네 사람들은 그 병원이 정신병원인지 몰랐는데 대놓고 동네에 광고를 해버리면 혐오 시설로 찍힐 위험이 없다고 볼 수는 없다. 어차피 정신병원은 환자나 보호자가 필요에 의해 찾아서 오게 되는 병원이다. 이 책도 정신병원에 호기심이 있었던 사람 아니면 환자나 보호자 병원 관계자에 의해 찾아서 읽힐 것이다.

강제 입원의 명암

증상이 얼마나 심한 사람이어야 정신병원에 강제 입원이 될까? 가장 먼저 떠오르는 것은 타인에게 피해를 주는 것이다. 피해에는 여러 가지가 있지만 그중 신체적 피해인 폭행은 강제 입원 요건에 해당한다. 폭행이 발전되면 살인으로까지 이어지기 때문에 타해 위험성이 큰 것은 강제 입원 제1 요건이다. 폭행이 살인으로 이어질 수 있다는 것은 범죄 심리학에서 내놓은 입장이다.

언론에 많이 보도되고 있는 것도 묻지마 폭행이다. 왜 때렸나? 라는 이유를 묻는 질문에 대한 대답을 듣고, 과거 병력이 파헤쳐진다. 결국 조현병을 앓은 사람이라는 것이 밝혀지게 되고, 세상 사람들로부터 왜 저 사람은 입원을 안 하고 있는 거냐는 비난이 쏟아진다.

모든 조현병 질환자들이 폭력성을 가지고 있지는 않다. 폭력성이 있다고 해도 퇴원할 당시에는 많이 좋아진 상태로 퇴원했을 것이다. 그렇다고 범죄자처럼 그 사람을 감시해야 할까? 조현병은 병일 뿐 범죄자라고 낙인 찍을 수는 없다.

그럼 그저 방관하고 바라만 볼 것인가? 환자 보다 더 중요한 키를 가지고 있는 사람이 있다. 바로 보호자다. 보호자와 가족이 환자를 잘 살피고 증상이 예전처럼 안 좋아질 것 같으면 병원에 데려가던지 외출을 자제시켜야 한다.

문제는 환자가 이런 보호자가 없는 경우가 많다는 것이다. 보호자 있는데도 그 역할을 잘 못하는 건 둘째치더라도 보호자가 아예 없는 경우가 더 많다. 보호자가 없는 이유는 고아이거나 부모의 사망 및 이혼, 어려서부터 친척 집에서 자란 경우, 행려자 등 사연은 제 각각이다. 환자 옆에 보호자가 있어도 언제 발병할 줄 모른다. 그런데 환자 혼자 있는 상황이면 그 시기는 환자 본인도 모를 것이다. 결국 사건이 터진다. 현시점에서는 관련 법규 개정과 정신질환자에 대한 사회, 국가적 지원이 필요한 상황이다.

무조건 입원만이 답은 아니다. 경찰에 의한 강제 입원은 3일이다. 보호자가 없으면 보호 입원은 불가능하다. 입원을 안 하는 게 아니라 못 하는 것이다. 입원으로 해결하지 말고 퇴원 후 안전하게 지낼 수 있도록 제도적 조치가 필요하다.

근래 정신질환자에 의한 사건이 많이 터지면서 경찰에 의한 응급 입원 문의가 늘고 있다. 정부에서도 정신건강복지법 개정을 검토 중이다. 주안점은 퇴원 후 환자를 관리하는 부분에 대한 것이다.

선진국에서는 퇴원 후 관리 시스템이 체계적이고 기관과 단체들이 많다. 한국은 정신건강센터에서 관리를 하지만 규모가 작고 잘 알려져 있지 않아 이용하지 못하는 정신질환자들이 많다. 정부가 지원체계를 차차 넓혀가 사기업체에서도 정신건강사업에 나선다면 개선의 여지가 많이 있다고 본다.

범죄에 대한 병원의 책임은 어디까지인가?

사건, 사고가 터지면 놀람과 동시에 충격을 받는다. 그 주범이 정신질환 자일 경우 해당 기관에서 일하는 입장에서 안타까움은 두 배가 된다. 병 때문에 그런 것인데 범죄자에게 몰리는 비난과 정신병에 대한 더 깊은 편 견의 골이 아로새겨진다. 정신병원 종사자의 입장에서 보면 왜 입원을 못 하고 있었는지가 보인다. 분명히 부모님이 없고 형제들끼리 어떻게 해 보 려고 했다가 보호자 자격이 안 돼서 성공하지 못했을 가능성이 제일 높다.

여론은 왜 저런 끔찍한 사건을 저지를 만한 미친 사람이 정신병원에 입 원을 하지 않고 있느냐고 생각한다. 그러나 앞에서 살펴본 바와 같이 보 호 입원은 쉽지가 않다.

일반적인 가정에서 발병했으면 정상적으로 보호 입원이 가능하다. 가 족관계가 뿔뿔이 흩어졌거나 풍비박산 난 집안이면 보호자가 없어 보호 입원이 불가능하다. 형제, 자매 혹은 이모, 고모 등이 보호 입원을 신청하면 되지 않냐고 생각할 수 있겠지만 직계가족 외 일가친족은 한 집에 같이 산다는 것이 증명이 돼야 보호자 자격이 생긴다. 이런 경우는 일부러 이렇게 등록을 하려고 하지 않는 이상 없기 때문에 발병해서 알아보다가 시도하려고 해도 이때는 환자도 법에 대해 어느 정도 알아서 협조가 되지 않는다. 법의 사각지대를 잡고 안 놓는 것이다.

정신질환자에 대한 책을 보니 거의 대부분 음성증상이 오래된 경우를 두고 쓴 책이 많았다. 최근 정신병에 대한 드라마를 봐도 조현병을 너무 지능이 떨어지는 사람처럼 묘사를 하는데 그건 지적장애가 동반된 조현병이다. 일반적인 조현병은 지능이 상당하다. 결코 자신이 정신병원에 들어갈 만한 틈을 쉽게 주지 않는다.

보호자도 없어서 보호자 자격을 만드는 것도 힘든데 환자가 협조를 안 하니 더 난감할 수밖에 없다. 이런 상황에서 정신병원이 할 수 있는 일은 하나도 없다. 법이 바뀌기 전에는 병원에서 환자를 입원시키러 출동까지 했었다. 그러나 정신병원 직원이 병원 밖으로 나가서 환자를 유치하면 불법이라는 말, 환자 인권 상에 문제가 있다는 말 등이 쌓이며 입원에 관한 한 정신병원은 힘을 잃게 되었다. 지금으로서는 환자를 데리고 와야 그때서야 전문의의 권한으로 보호 입원을 시킬 기회가 주어진다.

기회조차 없는 정신병원에 아무리 소리쳐 봐야 돌아오지 않는 메아리일 뿐이다. 병원은 진료하고 치료하는 곳이지 환자를 잡으러 다니는 곳이 아니다. 정신병원 입장에서는 일단 환자를 데리고 와야 모든 것을 시작할 수 있다.

정신병원은 정신질환자를 감독하는 기관이 아니다. 입원해 있는 중에는 관리는 하겠지만 주요 목적은 정신질환자를 치료하고 병이 있지만 일상생활을 해 나갈 수 있는 사람으로 밖으로 내 보내는 것이 목적이다. 정신질환자라고 낙인찍어 평생 정신병원에 두어야 한다는 마인드를 가진 병원은 시대를 역행하는 것이다.

기존의 정신병원 이미지를 탈피하고 싶다면 환자를 낫게 해서 집으로 돌아가게 도와야 한다. 더불어 당뇨, 고혈압처럼 약만 잘 먹으면 관리가 되는 병으로 정신병의 대중적인 이미지를 환기해야 한다. 내과적 질환이 있어서 약을 먹는 걸 손가락질 하는 사람은 아무도 없다. 정신과도 마찬가지 이다. 정신과도 문제없다는 것을 보여주는 건 병원과 전문의 신념에 달렸다.

정신병인가 정신병인 척인가?

폭행과 살인 사건이 터지면 따라 붙는 게 술과 정신병이다. 당시 술에 취한 상태라고 주장하거나 정신병을 앓고 있어서 판단력이 저하된 상태라고 하면 심신미약으로 감형을 받을 수 있기 때문이다.

정신병원에 있으면 알코올 중독자도 많이 본다. 술에 취하면 목소리가 커지고 행동이 커지는 사람이 많다. 그러다 타인과 시비가 붙으면 폭행이 일어날 수 있다. 그러다 상습적으로 가족에게까지 큰소리치고 욕설을 하며 폭력을 행사하면 가족들이 참다못해 입원시킨다.

알코올 중독자가 병원에 와서 하는 행동은 정말 가관이다. 욕은 기본이고 별 이상한 행동을 다한다. 술을 빼고 보면 정신병이 있는 게 아닌가 생각이 들 정도로 한바탕한 후 병동에 올라간다. 병동에 올라가서 술이 깨면 어떻게 될까? 계속 정신이상자의 행동을 할까? 직원입장에서 너무 시달렸기 때문에 본래 저런 사람이 아닌가 생각되지만 다음날 병동에 가면 멀쩡하다. 이런 과정을 반복적으로 겪으면 술 취하면 이성을 잃는 사람이라는 점을 알게 된다. 다음날 환자에게 이야기하면 환자는 아무 말 못하고 미안해한다. 여기까지는 알코올 중독자 케이스로 술 때문에 그렇다고 할 수 있다.

정신병은 어떤가? 조현병 및 양극성 정동장애 환자의 증상을 알아서 정신병인 척 할 수 있을까? 수십 권의 정신의학 관련 책을 봤지만 이런 언급을 한 책은 보지 못했다. 물론 내 시각과 의견은 전문가의 소견은 아니니 그저 참고로 봐 주기길 바란다.

조현병은 뭔가 섬뜩한 느낌이 있어서서 차갑게 느껴진다. 일반인이 따라할 수 없는 몸짓이 있다. 기괴하다. 발병이 오래된 환자면 옷부터 계절감이 없다. 몸에서 심한 악취가 난다. 그러므로 초기 조현병은 어느 정도 흉내 낼 수 있다 하더라도 장기 조현병 환자는 절대 흉내 낼 수 없다.

데이비드 로제한이 시도한 정신병원 입원하기 연기®는 초기 조현병이었다. 그 결과 연기한 환자 모두 입원에 성공했다. 8명 중 7명은 조현병을 1명은 양극성 정동장애를 진단 받았다.

양극성 정동장애는 '눈 돌아갔다'는 표현이 가장 와닿는다. 처음 양동성 정동장애 환자를 만난 시기가 정신병원 근무 전이어서 더욱 이 표현이 적절하다고 느껴진다. 이후 정신병원에서 그들을 만나고 겪어보니 당시 그 환자는 조증이 확 올라온 매니악한 상태였던 것 같다. 평생 살면서 사

® 1972년 미국에서 실행한 실험. 〈사이언스〉에 '미친 장소에서 제정신으로 지내기(On being sane in insane places)'라는 제목으로 발표했다.

람이 눈빛이 갑자기 변해 무슨 일 나겠구나 라고 느낀 건 그때가 처음이다. 매니악한 상태에서 난동을 부리는 것은 일반인도 화가 나면 할 수 있는 정도이기도 하다. 차이점은 분위기이다. 단순히 화가 나서 그러는 것인지 그게 아닌 뭔가 복합적인 이유인지는 전문의가 판단할 몫이다.

그렇게 조현병이든 양극성 정동장애든 난동을 부리면 진정시켜야 하는데 조현병은 논리적으로 이야기해서 진정시키기 힘들다. 반면 정동장애는 논리적으로 이야기하면 오히려 환자 쪽에서 조건을 제시하는 경우도 있다.

진짜 환자들일 경우 치료를 하면 된다. 문제는 악용을 하는 것이다. 심신미약의 사례는 앞에서 들었다. 한국의 경우 한 가지 문제가 더 있다. 그건 바로 군대문제이다.* 군대 면제를 받기 위해 정신병인 척 연기하는 사람이 있다. 입원까지 하며 치밀하게 준비한 이들은 한두 명이 아니다. 데이비드 로젠한이 문제를 제기한 이후로 계속 정신의학은 발달해 왔다. 하지만 아직까지 과학적 검사로 정신병 진단을 내리기 어려운 상황이다.

결국 정신과 의사의 판단에 모든 것이 달린다. 의사는 거짓말을 판별하는 사람이 아니다. 환자는 방어기제가 있어서 진료 시 거짓말을 할 수도 있다. 그 방어기제를 깨기 위해 의사마다 방법이 있는 걸로 알고 있다. 하지만 정신병 증상까지 흉내 내며 작정하고 속이려 들면 방법이 없다.

왜 정신병이 있는 척 하는 걸까? 자신에게 이득이 돌아오기 때문이다.

---

* 동아일보, "병역면제 머리 굴린 비보이들(2010.05.04. 이미지 기자)".

관련 법제도가 강화되어야겠지만 그 이전에 정신병이 있는 척할 필요가 없는 건강한 사회가 되도록 전인교육이 필요하다.

침대 없는 병실은 사실인가?

정신병원 병동에 처음 올라간 날 긴장되었다. 아직 환자를 실제로 만나본 적이 없었기 때문에 그들이 갑자기 공격하는 건 아닌지 이상한 해코지를 하지 않을까 하는 등등의 걱정이 있었다. 열쇠로 문을 열고 들어가니 바로 다가오는 것은 냄새였다. 약에 절은 냄새와 사람이 오래 안 씻으면 나는 냄새가 합쳐진 냄새다. 병동은 생각보다 한적 했으며 위협적인 것은 없었다. 복도를 지나서 병실 문을 통해 안을 보는데 깜짝 놀랐다. 침대가 없다. 텅 빈 공간에 바닥에 매트릭스가 깔려 있었다. 아~ 저게 침대구나라는 생각이 들었다. 1980년대 도떼기시장 풍경이 병원에 있다니 깜짝 놀랐다. 나중에 보니 당시에는 대부분의 정신병원과 요양병원이 침대 없이 매트릭스로 생활하고 있었다. 이런 병실을 온돌병실이라고 한다.

정신병원에서 일하기 전에 대학병원과 일반종합병원에서 일했기 때문에 각 병실마다 침대가 있었고 침대가 없는 병실이라는 생각 자체를 해본 적이 없다. 그러나 침대 없는 병실은 사실이다. 근무 중 침대가 들어오고 점점 늘려나가는 추세에서 퇴사했다. 지금쯤 다 침대가 들어왔을지 모르겠다. 다른 병원은 반대로 병동 전체가 침대였다.

병원에 침상이 있는 건 당연하다. 너무 당연하기 때문에 침상이 없다는 생각조차 한 적이 없었다. 그러나 정신병원은 병실에 침대가 없을 수도 있다. 일반적인 상식과는 동떨어진 풍경이지만 의외로 침대가 없으면 좋은 점도 있다. 병실 이동이 편하다. 그냥 매트릭스를 들고 옮기면 된다. 침대로 발생할 수 있는 사고도 없다. 침대에서 낙상사고는 생각보다 많이 발생한다. 정신병원은 환자가 침대에서 액팅을 많이 하기 때문에 직원이 침대에서 다치는 경우도 있다. 편법으로 정원이 꽉 차서 환자를 받을 수 없을 때 매트릭스를 바짝 붙여서 한명씩 더 밀어 넣을 수도 있다.

사실여부 확인은 병원에 직접 물어보는 수밖에 없다. 사진은 침대 있는 것처럼 올려놔도 일부만 침대가 있고 나머지는 매트릭스일 수도 있다. 이건 다른 병원 입원했었던 보호자가 알려준 사항이다. 대부분 병원이면 침대가 있겠거니 하고 침대 여부를 묻지 않는다. 그러나 물어보면 의외의 답이 나올 수 있으니 꼭 물어보자. 침대 여부를 물어보는 게 이상하게 느껴지면 병실이 침대병실인지, 온돌병실인지 물어보는 것도 한 방법이다.

신체적 제압에 대해서

정신병원이 무서운 이유 중 하나는 난폭한 정신질환자를 다루는 방법 때문도 있다. 환자가 폭력을 휘두르는 방법은 증세에 따라 차이를 보인다. 환각, 환청에 의한 정신병적 발작에 의한 폭력인지, 부당한 대우에 대한 보복 및 표출에 의한 폭력인지에 따라 다르다. 부당한 대우란 현재 본인 의사와 다르게 입원된 상태 혹은 병원 규칙에 대한 거부이다.

정신병적 발작은 표적 설정이 특징이다. 단 둘이 있을 때는 단일한 표적이 되어 공격당할 수 있지만 다수가 제압하려 할 때는 표적이 사라진다. 따라서 여러 명이 힘을 쓰면 금방 제압되는 편이다. 반면 보복 및 분노를 표출하기 위한 폭력은 직원들을 다 적으로 보기 때문에 제압이 매우 어렵다. 수비적 자세로 있다가 제압하러 조금이라도 먼저 들어간 직원을 먼저 공격한다. 어떤 환자는 반항이 너무 심해 환자복이 다 찢어진 경우도 있었다. 이때는 전 직원이 합을 잘 맞춰서 한꺼번에 들어가야 한다. 무서운 나머지 구경만 한다면 먼저 들어간 사람만 다친다.

환자 제압은 자해, 타해 위험성이 클 때 이루어진다. 이런 상태인 환자를 방치하면 피를 보게 되는 일이 흔하기 때문에 격리 조치를 하는데 격리 과정에서 환자들은 거부하는 경우가 많다. 격리는 안정실에 혼자 있어야 한다는 것을 뜻한다. 분명 환자의 안정과 자극을 줄여줄 목적으로 시행하지만, 환자에게는 벌칙이자 감옥이다. 때문에 거의 대부분의 환자가 안정실 입실을 거부한다. 거부가 심해지면 신체적으로 제압하여 들여보낼 수밖에 없다.

또한 여러 환자들이 함께 생활하는 만큼 언제 어디서 다툼이 일어날지 모른다. 갑자기 일어난 다툼에도 제압이 들어간다. 탈원을 시도할 경우도 제압의 대상이 된다. 앞에 세가지 경우보다 일어날 가능성이 낮다. 직원들이 가장 신경 써서 관리하는 게 환자의 탈원이기 때문이다.

신체적 제압을 하다보면 물리적인 충돌이 있는 만큼 직원도 다치는 경우가 많다. 멍은 기본이고 여자 환자들이 난동을 부릴 경우 할퀴거나 무는 경우도 있기 때문에 살점이 뜯겨 나가서 피를 보는 경우도 많다. 직원도 사람인지라 상처를 보면 화가 나서 환자를 때릴 만도 한데 그런 경우는 거의 없었다. 직원 손가락을 물어서 손가락을 빼느라 환자를 때린 경우는 있었다. 이외 제압 과정에서 어쩔 수 없이 신체적 타격이 생기는 경우가 있었다.

환자나 보호자가 가장 궁금하게 생각하는 건 일부러 구타를 하지 않나 일 것 같다. 어느 환자에게 들은 말로는 잘 자고 있는데 난데없이 슬리퍼로 맞았다고 주장하는 경우도 있었으나 사실 확인이 안 된다. 그러나 환자가 병동 생활을 원만히 잘 하는데 절대 일부러 구타를 할 이유는 없다. 그런 경우는 듣지도 보지도 못했다.

난동을 부렸을 때는 제압 과정에서 어쩔 수 없이 물리적 충돌이 일어난다. 증거는 CCTV와 육체적 상처밖에 없다. 안정실에 CCTV가 있는 병원이 있고 없는 병원이 있다. 이 부분을 병원에 물어보는 것도 방법이다. CCTV가 없는 병원은 어떻게 환자가 안정을 취하는 방에 CCTV를 달아놓냐고 하면서 실시간으로 간호사가 직접 보고 있다고 할 것이다. 있는 병원은 24시간 촬영하고 있으니 걱정 마시라고 할 것이다. 선택은 보호자 몫이다.

두 병원 다 겪어본 나로서는 CCTV가 있어도 일어날 사건은 결국 터진다고 본다. CCTV 설치가 사건 발생 여부에 영향을 주지 않는 것이다. 다만 CCTV는 증거를 남긴다. 만약 CCTV가 없다면 증거는 환자에게 남은 상처뿐인데, 증거 채택이 될지는 알 수 없다.

정신병원에서 대체적으로 구타는 없다. 하지만 환자 제압 시 알게 모르게 상처가 날 수 있다. 분명한 점은 환자를 괴롭히려고 혹은 군기를 잡으려고 절대 구타를 하지 않는다는 것이다.

저 사람 좀 입원시켜요!

요즘은 이웃과 왕래가 거의 없다. 왕래가 있어도 층간소음과 같이 부정적인 왕래가 오가는 경우가 대부분일 것이다. 정신병으로 인해 이웃에게 피해를 끼쳐서 입원을 하는 경우도 있다. 이 때는 주택, 아파트, 빌라보다는 공동생활인 고시원에서 문의돼서 입원하는 경우가 많다. 주위에 뭔가 이상하거나 자꾸 시비를 거는 사람이 있는가? 그 피해가 상당하고 일상생활을 하지 못할 정도가 되면 어떻게 해야 할까? 뭔가 이상하기는 한데 정신병이라고 단정할 수는 없다.

정신병원에서 근무하기 전 저 사람은 뭔가 이상하다고 생각한 적이 몇 번 있었다. 근무 후에 생각해보니 정신병이 있는 사람이라는 것을 깨닫게 된 적이 있다. 그렇기 때문에 일상생활에 지장을 줄 정도로 피해를 준다면 경찰에 신고하는 것이 좋다.

경찰이 판단했을 때도 정신적 문제가 있다고 판단이 들면 응급 입원이 진행될 수 있다. 그 과정에서 정신적 문제가 심하면 보호 입원이 될 수도 있다. 보호 입원은 보호자가 있어야 한다. 보호자에게까지 연락이 가서 모르던 사실을 알게 되고 환자 케어에 적극적으로 개입하여 환자 상태도 더 좋아질 수 있다. 환자 입장에서도 모르는 사람 백 명보다는 자신을 잘 알아주는 한 명이 훨씬 더 예후에 좋다.

아파트에서 이웃 주민이 자꾸 억지를 부리고 얼토당토 않는 말로 행패를 부려서 다른 이웃이 제지를 하다가 폭행을 당했다. 이웃은 경찰에 신고했고 경찰은 폭행 가해자가 정신적으로 이상하다고 판단하여 응급 입원을 진행했다. 응급 입원 중에도 정신적인 상태가 호전되지 않아 장기입원이 필요한 환자였다. 경찰이 알아보던 중에 환자의 동생과 연락이 닿았고 동생의 노력과 해당 보건소의 승인으로 행정 입원이 되었다.

원무과 직원은 행정 입원 절차 상 환자에게 행정 입원이 됐다고 알리면서 권리고지 서류에 사인을 받기 위해 환자를 만나야 한다. 병동 간호사는 내가 이 환자를 만난다고 하자 차트에 폭행 이력이 있고 상태도 호전된 상태가 아니니까 만날 때 조심하라고 조언했다. 그러나 직접 만난 환자에게서 폭력성은 전혀 느껴지지 않았고 오히려 자신이 피해자라며 아주 작은 목소리로 호소를 집요하게 했다. 일단 이야기를 다 듣고 난 후 서명을 받아 나왔고, 이후 우연히 동생을 만났다. 동생은 내게 언니의 현재 상태가 어떠하냐고 물었다. 나는 많이 안정된 상태로 행정 입원 3개월 후에는 퇴원할 수 있을 것 같다고 했다. 하지만 동생이 한 말은 뜻밖이었다. 왜 나를 입원 시켰냐며 동생인 자기를 욕하고 협박했다는 것이다. 너무 놀라서 더 이야기를 나누어 보니 언니가 전에도 정신병원에 입원한 적이 있고 어떻게 하면 퇴원을 빨리 하는지 알고 있어서 직원들에게는 좋은 모습만 보여준다고 한다. 이런 상태에 대해 주치의에게 다 말했으며 거짓 호전으로 인해 조기 퇴원해서 같은 피해가 반복되지 않았으면 한다는 말을 하고 귀가했다.

그 후 동생은 면회도 자주 오고 언니의 치료에 굉장히 적극적이었다. 거짓 호전을 피하기 위해 행정 입원 만료일에 퇴원을 했다. 거짓 호전이라도 입원 기간이 길었으니 환자는 안정을 되찾았고 퇴원 후 낮병원에 등록하며 재입원 없이 잘 지낸 사례도 있다.

이는 아주 좋은 케이스다. 문제가 될 수 있는 케이스는 경찰에 신고했는데 정신병적인 요소가 없다며 그냥 가서 가해자 화만 돋우는 경우. 응급 입원을 해서 보호 입원을 해야 하는데 보호자가 애매한 경우. 보호자가 없으면 아예 행정 입원으로 바꿀 수 있다. 애매하면 이도저도 안 된다. 보호자가 협조적이면 방법을 찾아볼 수 있다. 하지만 이런 경우 비협조적인 경우가 대부분이다.

이럴 때는 피해를 본 증거와 정신병적 행적이 뚜렷한 증거를 모은다. 증거가 인정되면 보건소 관계자가 행정 입원을 할 수 있다. 그럼 보호자가 없어서 입원을 못하는 대부분의 정신병적으로 위험한 사람들을 입원시킬 수 있다.

문제는 증거를 하나하나 모으는 것이 힘들고 각 지역마다 행정 입원을 시키는 기준이 조금씩 달라서 저 지역구에서는 되는데 이 지역구에서 안 되는 경우도 있다. 그래서 행정 입원의 경우 그 병원 지역이 아닌 타지역

보건소로 행정 입원되는 경우가 많다. 보건소가 있는 지역 병원에서 입원을 거부하는 경우도 있다.

대게 병원들은 보호자가 없는 환자를 안 받으려고 한다. 이유는 여러 가지다. 정신과적 문제 말고 다른 과적 질병 발생 시 직원이 24시간 붙어야 한다. 병원비 수납 받기 힘들다. 퇴원해야 하는데 갈 데가 없다고 계속 병원에 남겠다고 하는 경우도 있다.

행정 입원을 한다면 적으면 3개월 길면 1~2년 정도 있을 수 있다. 주위에 정신과적 문제로 자신에게 피해를 입히는 사람이 있으면 증거를 모았다가 경찰 신고가 최선책이다. 정신건강센터나 보건소에 문의하는 방법도 있다. 바로 병원으로 전화하면, 안타깝게도 할 수 있는 조치가 없다.

정신병원에서 일하면 직원도 미치는가?

대학병원에서 일하다 정신과를 경험하게 되고 이후 막연하게 정신과에서 일을 하고 싶다는 생각을 했었다. 이를 당시 같이 일을 하던 동료들에게 말하자 하나같이 잘 생각해보라고 했다. "정신병동에서 일하면 일하는 사람도 같이 미쳐가는거 몰라요?"라는 그들의 걱정 섞인 말은 어디선가 많이 들어본 말 같으면서도 두려움을 주기 충분했다.

이후 시간이 지나 진짜 정신병원에서 일을 하게 되었다. 병동 파트가 아닌 원무과였지만 환자를 경험할 수 있다는 것은 변함이 없다. 초기에 그 동료들의 말이 떠올라 무섭기는 했지만 환자들의 그 정신병적인 행동과 모습들이 나에게 어떤 영향을 주지 못했다. 시간이 지나고 더 경험을 하면서 그때의 말은 그저 정신과를 직접 경험하지 못한 사람들의 편견과 기우였음을 깨달았다.

걱정 없이 일을 하고 환자들과 잘 지내고 있을 때 갑자기 환자를 이해하고 싶다는 갈망이 생겼다. 의사는 아니지만 그 환자가 미치게 된 경위를 이해하고 싶었다. 그래서 환자의 말을 이해하려고 노력했다. 그 정도 관심을 가지는 일은 큰 문제가 없었다. 이해하려고 하다가 이해가 안 되면 그저 환자가 증상적으로 한 말이려니 하고 넘어가면 됐고, 심각하게 고민하고 생각할 필요도 없었다.

그러다 어떤 환자가 나에게 과분할 정도로 관심을 보이고 표현을 했다 나를 좋아하는 게 느껴질 정도여서 이 환자만큼은 이해하고 도와주고 싶다는 생각이 강하게 들었다. 나는 환자의 말을 이해하려고 온 정신을 집중해서 문맥의 전후와 그 환자가 처한 심리 상태, 성장 과정 등 모든 스토리를 짜깁기해서 이해하고자 했다. 환자의 말을 단어 단위로 분석하며 수학 공식처럼 여기에 더하고 저기에 뺐다가, 이 단어는 사실 은유적 표현이고 실제로 표현하려고 했던 의미는 하면서 고민하던 순간 머리가 어지러워지기 시작했다. 정말 이러다가 미칠 수도 있겠다는 두려움이 확 밀려들었고 머리는 어지럽고 속이 울렁거리는 게 여기서 더 분석을 하다가는 위험하다는 생각이 들었다. 결국 환자의 말을 중단시키고 그냥 그 자리를 피했다. 여태까지 환자를 이해해보겠다고 하면서 그저 외면만 보고 있었던 것이다.

환자마다 자신의 스토리가 있지만 사실 발생되는 기전은 놀랍도록 비슷한 부분도 있다. 한 번은 보호자 상담을 하다가 바로 며칠 전 입원한 환자랑 똑같은 경로로 발병한 것을 발견해 깜짝 놀란 적이 있다. 한 환자 개인을 자세히 면담할 기회는 거의 없었고 사실 내가 해야 할 업무도 아니었다. 그 기회조차 주어지지 않지만 대화를 하다가 우연이 겹쳐 충격을 받은 것이다. 덕분에 나는 보호자에게 더 세심한 설명과 함께 공감을 많이 할 수 있었다.

이런 경험을 바탕으로 나는 환자에게 전이된다면 충분히 정신적으로 영향을 받을 수 있다고 생각했다. 정신병원에서 일하면 미친다는 오래된 문장이, 동료들이 웃으며 했던 말이나 사회적 편견이 어느 정도 일리가 있다는 것이다. 그렇다면 다른 사람들은 어떤가? 직원이었다가 정신병에 걸린 직원이 있는가? 아직까지 이런 케이스는 한 번도 못 봤다. 다만 직원이 술에 중독되어 그 병원에 환자로 와서 입원을 한 적이 있다는 이야기만 들었다. 이것을 정신병에 걸렸다고 할 수 있을까?

환자의 말을 이해하려다가 위험을 감지한 이후로는 환자의 말이 앞뒤가 안 맞고 논리가 너무 비약되면 그냥 듣고 흘린다. 정신병적 증상이 있는 환자의 말을 이해하는 것은 불가능하기 때문에 그 불가능에 도전하지 않는 이상 같이 동화되어 가는 것은 매우 힘들다는 점도 느꼈다.

한 편으로는 정신과 의사들이 존경스럽기도 하다. 아무리 중구난방인 환자의 말도 그냥 듣고 흘리면 안 되고 그 중에서도 의미는 파악해야 되지 않을까 하는 생각에서이다. 증세가 심한 환자라면 약을 처방한 후에 면담을 하는 것 같기도 하다. 어떨 때는 의사가 환자의 말을 무시하기도 하는데, 대화에 집중하다가 휘말리지 않기 위한 맥락에서 쓰는 방법 중 하나라고 짐작해본다. 무조건 무시를 하는지 아니면 증상 때문에 무시를 하는지는 진료를 받으면서 느낌으로 파악할 수밖에 없다.

정신병원은 환자대비 직원 수가 적다. 하나하나 신경을 쓴다고 하지만 각자의 담당이 아니라면 깊게 케어하기는 어렵다. 다만 환자가 어떤 상태인지 알고 대하기 때문에 환자에게 깊게 전이되지 않는다. 그러므로 정신병원에서 일하면 직원도 미친다는 말은 아직 증명되지 않은 소문일 뿐이다.

코로나 시대의 입원 풍경

정신병원은 바쁠 때도 있지만 한가할 때도 있다. 작년 1월 말쯤 중국에서 신종바이러스가 전파되고 있다는 인터넷 뉴스를 봤는데 그때만 해도 중국에서 발생된 바이러스 기사를 신경 써서 볼 필요는 없다며 그냥 넘어갔다. 하지만 시간이 지나도 꾸준히 뉴스가 나오고 사람 간에 전파가 빠르고 바이러스가 아직 없는 치명적인 바이러스라고 인식이 되면서 세계적인 뉴스가 됐다.

특히 사람들이 모여 있는 곳은 집단감염 가능성이 매우 높아 각별히 방역에 신경을 써야한다. 정신병원은 폐쇄된 곳이라 바이러스가 유입이 안된다면 안전한 곳이기는 하나 반대로 단 한 명의 바이러스 보균자로 인해 병동 전체가 코로나 바이러스에 감염될 우려가 있다. 안 그래도 서류 확인 후 입원해야하는 까다로움이 있는데 여기에 더하여 코로나 음성판정까지 받아야 하는 벽이 생긴 것이다.

경찰은 응급정신질환자가 발생하여 정신병원에 입원시키려고 한다. 하지만 길거리를 마스크를 쓰지 않은 채 배회하고 어디를 방문하고 다녀갔는지 확인되지 않은 환자를 정신병원에 어떻게 바로 입원시키겠는가? 만일 그 환자가 어디에선가 코로나 바이러스에 걸려서 병동에 올라간 후 병동 환자를 전염시킨다면 코로나 바이러스 특유의 빠른 전파력으로 이 환자에서 저 환자로 병동 전체가 코로나 바이러스에 걸릴 수 있다. 그러면 정신병원에 격리조취가 취해지고 직원들도 병원에서 지내게 된다.

이런 최악의 시나리오를 피하기 위해 코로나 이후부터는 항상 코로나 음성판정을 받고 입원을 진행한다. 초기에는 코로나 검사를 진행하는 곳이 많지 않아 난감한 점이 많았다. 병원 직원도 매일 보건소에 오갔다. 그러니 가장 편한 방법은 거의 모든 것이 가능한 대학병원에 갔다가 코로나 음성 판정까지 받고 정신병원으로 오는 것이다. 정신병원 입장에서도 바로 입원을 진행하기 수월하다.

문제는 정신질환자들이 통제가 잘 안 된다는 데서 생긴다. 경찰은 응급상황인 환자를 데리고 왔는데 병원에서는 코로나 음성판정이 확실하지 않은 환자를 병동으로 보낼 수 없다. 그러니 환자를 데리고 온 경찰이 환자의 코로나 음성판정을 확인 후 데리고 와야 입원이 가능하다. 이런 안내를 받은 경찰의 반응은 두 가지다. 첫 번째, 병원의 갑질이라고 생각하고 '경찰은 그럴 시간이 없다. 환자 하나 때문에 몇 명의 인력이 붙어 다닐 수 없다'라고 하며 입원을 받으라고 압박을 하거나 그럼 다른 병원을 알려 달라고 한다. 두 번째, 병원의 사정을 이해하고 직접 환자를 데리고 대학병원이나 보건소를 방문하여 코로나 검사까지 마치고 환자를 데리고 온다. 병원 입장에서는 고마운 상황이나 검사 후 결과가 나오기 까지 하루 정도 걸려서 대기해야 하는 번거로움이 있다. 대신 음성판정이 나오면 병동으로 올라가서 입원할 수 있다.

코로나 시국에서는 각 병원마다 대처를 다르게 하기 때문에 입원하기 전 병원 사정을 반드시 문의해야 한다. 한참 대유행일 때는 하루가 멀다 하고 정부와 보건소에서 공문이 쏟아져 들어왔다. 방침이 너무 많고 시기마다 달라져서 병원마다 지시를 시행하는 방식이 다 다르다. 아예 환자를 안 받는 병원도 있고, 위험을 감수하고 그냥 입원을 진행하는 병원도 있다.

언제 코로나가 종식이 될지 모르겠지만 정신병원뿐만 아니라 일반병원과 온 국민들이 염원하는 만큼 하루라도 빨리 종식되어 마스크를 벗은 얼굴로 환자를 응대하고 싶다.

코로나가 불러온 파란 파도

코로나로 많은 것이 바뀌었다. 새로 생긴 용어도 많다. 코로나 블루, 사회적 거리두기, 자가격리, 언택트, 확찐자, 마스크 필수, 코로난가, 코로나케이션, 코로노미 쇼크, 코비디어트, 코비디보스 등 일상생활 전반이 크게 달라졌다. 이런 대변화 속에서도 사실 정신과는 코로나 블루로 인한 전체적인 경제침체 속에서 살아남은 몇 안 되는 분야이다. '코로나 블루' 때문이다.

코로나 블루는 '코로나19'와 '우울감blue'이 합쳐진 신조어로 코로나19 확산으로 일상에 큰 변화가 닥치면서 생긴 우울감이나 무기력증을 뜻한다. 우울감의 원인은 다양하나 코로나로 인행 우울감은 사람에 대한 부재가 크다. 사회적 거리두기로 인한 만남 및 모임의 취소, 축소로 기존에 일상적으로 만나고 약속을 잡는 비중이 크게 줄었다. 자연적으로 집이나 실내에 있는 시간이 늘어나면서 타인에 대한 결핍도 있지만 갈등도 늘었다.

코로나 초기에는 실직과 폐업으로 인한 불안과 근처에 확진자가 발생하면 일일이 확인하는 스트레스, 사소한 몸의 변화에도 혹시나 코로나는 아닐까하는 걱정으로 잠을 못 이루는 등 불안, 걱정, 의심, 초조 등으로 우울감이 지속된 사람들이 생겼고, 이들의 증상을 코로나 블루로 명명했다.

앞서 정신병원 하면 떠오르는 색이 하얀색이라고 했다. 정신질환자들은 예민하기 때문에 자그마한 자극이라도 줄이기 위해 아무런 자극이 없는 하얀색으로 포장하는 것이다. 그런 순백의 눈에 눈물이 그렁이고 차가운 파란색이 들어서면서 우울감은 코로나 시대의 대표적인 감정이자 색깔이 되었다. 이 파란 파도의 물결이 심해지면 어떻게 될까?

우울감이 더 높아지면 자해와 자살의 우려가 높아지기 때문에 입원 치료를 해야 할 것이다. 하지만 반대의 경향도 두드러지게 나타나고 있다. 이제는 우울을 넘어 분노의 레드로 나아가고 있는 것이다. 지속되는 코로나 시국에 방향을 잃은 사람은 그 분노를 타인에게 투사하고 있다. 아시아인에 대한 무차별한 폭행도 코로나 레드화 현상이라고 할 수 있을 것이다.

가까이는 가족 구성원에 대한 이해와 배려 부족으로 갈등이 폭발하는 경우가 많다. 실제로 전 세계적으로 코로나 이후 이혼율이 증가하고 있다고 한다. 서로 날이 서 있는 상태에서 타인과 풀었던 감정들이 해소가 되지 않고 응어리가 되어 현재 부딪치고 살고 있는 가족에게 그 화살이 돌아가는 것이다.

분노는 내부에서만이 아니라 외부로 표출되기도 한다. 마스크 착용 필수에 반감을 가지고 착용 거부 및 행패를 부리는 사람도 분노하고 그걸 보는 사람도 분노를 느끼게 한다. 개인 이기주의로 인해 자기만 편의를 누리겠다는 태도는 코로나 바이러스 특성상 감염에 취약할 수밖에 없고 만약 감염이 된다면 그 여파는 한 개인의 잘못으로 끝나지 않는다. 코로나의 강력한 전파력으로 집단감염이 생기면 그 단체도 문을 닫고 그 단체에 속한 가족들도 피해를 입는다. 집단 감염이 발생되면 뉴스에 나오고 사회적 거리두기 단계는 다시 올라가게 된다. 이제 백신이 나와 면역력이 생기고 사회적 거리두기가 풀리고 이전으로 돌아가야 할 시기가 가까워지고 있는 시점에 다시 하루 감염자 수가 500명 이상이 되어 사회는 다시 얼어붙고 있다.

3차 대유행이면 끝날 것 같은 코로나는 이제 그 이상의 n차 대유행을 걱정하고 있다. 이제 분노를 넘어 절망스러울 지경이다. 분노의 레드를 넘어 이제 절망의 블랙으로 온 것이다. 코로나 블랙은 계속되는 우울, 분노를 넘어 참담함을 느끼고 무기력함과 절망에 빠지게 되는 상태이다. 이런 상태라면 도저히 개인의 힘으로 벗어날 수가 없다. 본인 스스로도 도움이 필요하다고 생각될 것이다. 이런 자각으로 스스로 정신과를 찾는 사람들이 늘었다.

이제 코로나의 파도를 멈추어야 한다. 외부적인 감염의 파도는 순전히 개인의 힘으로 막기는 힘들겠지만 개인 방역 실천으로 최소한의 보탬은 될 수 있다. 더 중요한 것은 내면의 방어책으로 혼란스러운 시대에 휩쓸리지 말고 중심을 잡아야 한다. 그것이 힘들다면 현대 의학의 힘을 이용하는 것은 현대를 살고 있는 현대인이 누려야할 복지이다.

안내서에서 시작한
정신 건강에 대한 공부

처음에는 정신병원을 안내하며 동시에 대중이 가진 정신병에 대한 편견을 바로잡는 책을 쓸 생각이었다. 정신병원에서 일하기 전부터 심리학과 뇌과학 및 정신과에 관심이 많아 많은 책을 읽어오고 있었기 때문에 충분히 쓸 자신이 있었다. 그러던 와중에 정식으로 구상하면서 가장 많은 도움이 되고 영감을 주었던 두 분을 만나 큰 변화를 겪었다.

먼저, 조현병을 치료할 수 있으며 약을 줄여야 한다는 권영탁 의사의 주장은 정신병원에서 큰 감응 없이 일을 하던 내게 현 세태의 문제점을 짚고 해결 방안을 모색해보게 만들었다. 지금의 치료는 약물의 개발에만 초점이 맞추어져 있고, 책임은 법에 전가시킨다는 느낌이 강하다. 기존 입장을 유지하는 편이 정신병원 유지 및 관리에 더 쉽다는 이유 때문이 아닌가 짐작한다. 그러나 권 의사는 약물 개발도 중요하지만, 기존의 약으로 환자에게 맞는 처방을 찾아가며 최저 복용을 통해 일상생활로의 복귀를 도울 것을 주장한다. 이에 크게 동감했기 때문에 책에서도 약과 약물 조절을 비중 있게 다루었다.

데이비드 호킨스 박사는 생소할 수 있다. 이분은 국내에도 출간된『의식혁명』원제: Power vs. Force의 저자로 본업은 정신과 의사이다. 다만 이름을 언급하는 게 조심스러운 까닭은 과학적으로 검증하기 어려운 부분이 있기 때문이다. '의식 에너지'라는 것을 믿을 수 있는가? 책을 쓰면서도 영감을 얻기 위해 거의 항상 글쓰기 전에 호킨스 박사의 책을 읽었다. 내용을 표절했다는 뜻이 아니다. 높은 의식 에너지로 고양을 받기 위해 준비운동 하듯이 책을 읽었다.

특히 책을 쓰기 전에는『호모 스피리투스I: Reality and Subjectivity』를 읽었다. 라틴어로 술을 뜻하는 '스피리투스spiritus'는 최고의 영적 체험을 뜻하는 단어이기도 하다. 이 책에는 의식 수준이 200을 기준으로 온전함을 정의하고 있는데 이를 코로나 블루 파트에 대입해볼 수도 있다. 감염에 대한 두려움은 100의 수준으로 불안한 감정을 바탕으로 위축이라는 과정을 밟는다, 슬픔은 75의 수준으로 후회의 감정을 바탕으로 낙담이라는 과정을 밟는다. 반면, 코로나 레드의 분노는 150의 수준으로 미움의 감정을 가지고 공격 과정을 밟는다. 코로나 블랙의 무감정은 50의 수준으로 절망의 감정을 느끼며 포기 과정을 거친다. 이 일련의 상태와 과정이 비록 과학적으로는 밝혀지지 않았지만 합당하다고 느껴질 것이며, 그 이유는 이것이 세상의 진리이기 때문이다.

　정신과의 질병의 표현 수준도 의식수준에 대입하여 치료의 과정으로 끌어 올려볼 수 있다. 제일 낮은 에너지에 속하는 감정인 수치, 죄책감은 사람을 죽음과 파괴에 이르게 한다. 정신과적으로 최악의 상황인 살인과 자살과 같다. 그러나 에너지를 계속 올리면 수치 200에 해당하는 용기 수준으로까지 향상된다. 200 이상부터 긍정의 에너지이고 그 이하는 부정의 에너지다. 인류의 역사 측면에서 볼 때 1980년대 이전까지 전 인류가 200 이하의 에너지였다고 한다. 그 이후부터 200이상의 온전한 에너지 및 도덕적 책임으로 올라온 것은 과학의 발전과 인간의 의식 발달이 합을 이루었기 때문이다. 원고를 다시 검토하면서도 AA의 12단계가 호킨스 박사의 명상 과정과 비슷하다는 느낌을 받았다. 1단계의 '알코올'을 자신에게 부족한 부분으로 바꾸면 자신의 수련과 명상에 큰 도움을 받을 수 있을 것이다.

　이 책은 여전히 정신병원에 대한 안내를 담았으며, 나아가 대중의 편견을 바로 잡고자 쓰인 책이다. 그러나 더 나아가 인류의 의식 에너지 상승에 기여를 했으면 한다. 곧 이 책이 읽는 자들에게 의식이란 무엇인가에 대한 궁금증을 일게 하며 더 알아보고 나아가게 하는 방향성이 되었으면 좋겠다. 의식 에너지를 염두하고 책을 읽으며 생각하는 것과 책은 글을 담은 그릇밖에 되지 않는다고 치부하며 읽는 것은 천지차이다. 단지 정신병원을 소개하는 것을 넘어서, 내 안의 마음은 더 큰 것을 바라보고 썼다는 것을 밝힌다.

책이 출간되기까지 생각보다 시간이 많이 소요되었다. 2월에 마무리한 초고의 수정과 편집자의 요청으로 인한 딜레이였다. 책을 쓰다보면 약간 격앙되거나 한쪽으로 치우친 의견을 제시할 수가 있는데 그 중간을 잘 잡아주어 감사하다. 초고에 담긴 일부 부정적 에너지도 수정을 거치며 다 들어내어 오롯이 긍정의 에너지만 담으려고 노력했다. 혹시라도 내가 근무했던 병원에 이득이나 피해를 주고 싶지 않았고 그럴 의도도 전혀 없었기 때문에 불필요한 오해를 방지하기 위해 목차만 구상한 채 퇴사했다. 아울러 책에서 나오는 모든 에피소드 그리고 환자와 대화 내용은 근무했던 병원의 의무 기록을 참고하지 않았다. 에피소드 형식으로 글을 썼다면 전문의가 작성한 진료 차트가 도움이 되었을 수도 있다. 그러나 목차와 구성을 바꾸며 전문의가 쓴 진료 차트는 아무런 의미가 없게 되었다. 더군다나 민감한 정보의 유출을 방지하기 위해서라도 진료 차트의 내용을 인용하거나 참고하지 않았다. 모든 내용은 환자 및 보호자와 직접 대화한 내용과 경험에만 기반했다는 사실을 덧붙인다.

책을 구상하던 당시 나는 출근하는 것 자체가 굉장히 고통스러웠다. 모든 직장이 그렇겠지만 외부 요인보다 내부 요인에 의한 스트레스가 더 컸다. 환자 및 보호자와의 갈등은 충분히 감당하고 웃어넘길 수가 있었다. 그러나 친했던 동료들이 모두 퇴사하자 같이 나아갈 사람이 없다는 공허감에 빠졌다. 병원 생활은 빈껍데기에 지나지 않았고 나에게 남은 것은 환자와 보호자뿐이었다. 그러나 아이러니하게도 환자와 보호자는 병원에 있는 동안 유일하게 웃고 떠들 수 있었던 이유가 되었다. 심하게는 영원히 사회와 격리해야 한다며 뭇사람들의 비난과 지탄을 받는 그들이 내게는 함께 웃으며 대화할 수 있는, 그리고 힘을 실어주는 사람이었다.

나는 묻고 싶다. 당신이 정신병으로 고통 받는 자를 실제로 본 적이 있는지, 그리고 왜 실제로 환자를 만나본 본 적 없으면서 미디어가 보여주는 공격적 성향을 가진 정신병 환자만 그들의 전부라고 생각하는지 말이다. 여기엔 공격적이고 괴이한 정신병 환자만 내보이는 미디어의 탓도 크다. 그게 자극적이고 볼 거리가 있기 때문이다. 일반 사람과 크게 다른 모습을 보이지 않고 일상적인 대화까지 가능한 정신병 환자는 미디어의 관심을 받지 못한다.

나는 미디어에 노출되지 않는 환자 수천 명과 웃으며 대화를 나눴다. 이 책 제목처럼 말 그대로 '정신병원에 놀러 간 것'이다. 이런 마인드 때문에 오해도 많이 받았다. 그러나 '나는 정해진 일을 하고 정해진 돈만 받으면 되는 것인가? 그렇다면 나는 돈을 버는 기계인가? 아무런 즐거움, 보람 없이 정해진 일만 하고 그 보수를 받으면 끝인 건가?'라는 일련의 질문 끝에 '나는 즐겁게 놀면서 돈을 벌고 싶다.'는 답을 얻었을 뿐이다. 직장이 병원, 그것도 정신병원이라는 사실이 벽으로 다가왔으나, 오히려 병원이었기 때문에 근무하는 사람들 동료를 비롯한 전문의, 복지사, 간호사, 보호사, 약사, 약무원, 임상심리사, 임상병리사, 방사선사, 영양사, 실습학생, 봉사자 등 외에도 수많은 환자와 보호자들을 만날 수 있었다.

그렇게 내가 살면서 전혀 만나볼 수 없는 사람들을 매일같이 만나며 이야기를 나누었다. 편견 없이 마주한 그들의 세계는 신선했다. 이들도 다른 정상적인 사람들과 다를 바가 없다는 사실도 체감했다. 간혹 이해가 되지 않는 말과 행동을 보이는 사람들도 있었지만 그건 환자가 아닌 사람에게서도 느낄 수 있는 비율이었다. 그래서 나는 사람을 정상, 비정상으로 가르고 싶지 않다. 다만 하나의 병이 있어서 그 병으로 인해 편견의 프레임이 씌워졌을 뿐 그들도 사람이다. 마지막으로 나는 환자 혹은 보호자와 뭐하는 거냐고 묻던 사람들에게 솔직하게 답한다. 나는 그저 환자 및 보호자와 놀았을 뿐이라고. 그 누가 뭐래도 나는 정신병원에 놀러간다.

2021년 8월

원광훈

전국 정신병원 목록

안내

– 국가정신건강정보포털의 홈페이지를 기본으로 포털 사이트에서 실제로 운영하는 병원인지 확인
후 작성한 자료입니다. 신중을 기했으나 변경될 수 있으니 해당 병원 이용 전에는 꼭 전화로 문의
하신 후 이용해주세요.

– 행정구역인 도(道와) 광역시 별로 표를 구분하였고 가나다 순서입니다.

강원도

시군구	기관명	전화번호	주소
강릉	강릉아나병원	033-610-1100	강원도 강릉시 용지로 129
강릉	강릉율곡병원	033-655-1133	강원도 강릉시 동해대로 3304번길 11 (난곡동)
강릉	강릉동인병원	033-733-1199	강원도 원주시 남원로 562-5 (개운동)
동해	동해동인병원	033-530-0114	강원 동해시 하평로 26
원주	내안에병원	033-733-1199	강원도 원주시 남원로 562-5 (개운동)
원주	새마음병원	033-731-3111	강원도 원주시 문막읍 귀문로 1217
원주	원주그린병원	033-731-7766	강원도 원주시 일산로 36번길 12 (일산동)
원주	원주세브란스기독병원	033-741-0114	강원도 원주시 일산로 20

춘천	베드로병원	033-255-0085	강원도 춘천시 공지로 270
춘천	봄내병원	033-255-8515	강원도 춘천시 춘천로 180
춘천	춘천서인병원	033-261-0999	강원도 춘천시 동산면 새술막길 315-77
춘천	춘천예현병원	033-264-9885	강원도 춘천시 서면 샛말길 122-11
춘천	국립춘천병원	033-620-3000	강원 춘천시 동산면 영서로 824

경기도

시군구	기관명	전화번호	주소
가평	노체리안드리자애병원	031-589-0301	경기도 가평군 조종면 꽃동네길 46
가평	청평우리병원	031-585-5115	경기도 가평군 청평면 경춘로 791-11
고양	고양정신병원	031-969-0885	경기도 고양시 덕양구 통일로 1102번길 46 (내유동)
고양	늘푸른병원	031-967-9966	경기도 고양시 덕양구 원당로 139
고양	라엘마음병원	031-978-5454	경기도 고양시 덕양구 중앙로 628 예일프라자
고양	연세서울병원	031-907-9920	경기도 고양시 일산동구 중앙로 1200
고양	화정병원	031-979-7572	경기도 고양시 덕양구 서정마을로 5
고양	카프성모병원	031-810-9100	경기도 고양시 일산동구 일산로 86 (백석동, 한국음주문화센터)
구리	연세마음병원	031-554-0070	경기 구리시 체육관로 172번길 55

김포	김포예사랑병원	031-997-7204	경기도 김포시 중봉 1로 12
김포	김포한누리병원	031-981-3000	경기도 김포시 월곶면 김포대로 2515-26
김포	한별병원	031-986-9900	경기도 김포시 감암로 95
김포	김포다은병원	031-996-1338	경기도 김포시 돌문로 111 (사우동187)
남양주	실버힐스병원	031-511-9494	경기도 남양주시 경춘로 1260
남양주	온세병원	031-594-7912	경기도 남양주시 평내로 29번길 49
남양주	축령복음병원	031-592-6664	경기도 남양주시 수동면 외방로 172번길 58
동두천	동원병원	031-867-4776	경기 동두천시 탑신로 524
부천	이룸병원	032-674-5567	경기도 부천시 수도로 93
부천	루카스병원	032-310-0100	부천시 경인로 88
부천	부천한병원	032-668-1119	경기 부천시 부천로 170
부천	부천사랑병원	032-678-0114	경기 부천시 장말로 373
부천	진병원	032-322-8275	경기도 부천시 원미구 석천로 177번길 39 (중동)
부천	W진병원	032-321-1433	경기도 부천시 원미구 신흥로244
성남	휴엔병원	031-753-1000	경기도 성남시 수정구 산성대로 241
성남	성남사랑의병원	031-756-3024	경기 성남시 수정구 성남대로 1270-1
수원	수원우노병원	031-233-7543	경기도 수원시 권선구 장다리로 94 (권선동)

수원	수원중앙병원	031-229-9777	경기도 수원시 권선구 권선로 654 (권선동)
수원	아주다남병원	031-269-7578	경기도 수원시 장안구 정자천로 187
수원	서수원병원	031-278-7115	경기도 수원시 권선구 오목천로 152번길 68
수원	하나병원	031-8005-9111	경기도 수원시 팔달구 행궁로 102
수원	아주편한병원	031-269-5665	경기 수원시 장안구 경수대로 1111
안산	성은병원	031-484-6500	경기도 안산시 단원구 원포공원 1로 19 원포빌딩
안산	연세서울병원	031-415-1010	경기도 안산시 상록구 선암로 40
안산	안산연세병원	031-415-7515	경기 안산시 상록구 광덕 1로 386 캠퍼스타운
안양	동안성병원	031-673-3800	경기도 안성시 일죽면 금일로 1-38
안양	평촌중앙병원	031-387-0114	경기도 안양시 동안구 평촌대로 223번길 49 (호계동)
안양	메트로병원	031-467-9000	경기도 안양시 만안구 명학로 33번길 8
양주	양주소망병원	031-859-7997	경기도 양주시 평화로 1741
여주	여주세민병원	031-883-7585	경기도 여주시 가남읍 경충대로 924
여주	여주순영병원	031-883-7585	경기도 여주시 가남읍 경충대로 924
오산	평안한사랑병원	031-372-8600	경기도 오산시 수목원로 606 오산세교 CL타워
오산	오산신경정신병원	031-374-0077	경기 오산시 가장산업동로 69-27
용인	이음병원	031-212-1500	경기도 용인시 기흥구 흥덕 1로 97

용인	용인정신병원	031-288-0114	경기 용인시 기흥구 중부대로 940
용인	새로운경기도립정신병원	031-300-6200	경기 용인시 기흥구 중부대로 940
용인	백암정신병원	031-332-3194	경기 용인시 처인구 백암면 용천로 71번길 30
의왕	계요병원	031-455-3333	경기도 의왕시 오전로 15
의왕	다사랑중앙병원	031-340-5000	경기도 의왕시 등칙골 1길 22 (오전동 310번지)
의정부	의정부힐링스병원	031-853-9222	경기도 의정부시 청사로 48번길 19
의정부	한서중앙병원	031-875-7878	경기도 의정부시 평화로 447 (의정부동)
의정부	연세하늘병원	031-836-7341	경기도 의정부시 평화로 704 (가능동 76-1)
의정부	의정부병원	031-828-5000	경기도 의정부시 흥선로 142
이천	이천소망병원	031-637-7400	경기 이천시 호법면 중부대로 797-26
이천	성안드레아병원	031-639-3700	경기도 이천시 마장면 서이천로 320번길 109-84
파주	민들레병원	031-947-6400	경기도 파주시 탄현면 소리개길 74-17
평택	송탄중앙병원	031-612-7000	경기도 평택시 오좌동길 17-16
평택	안중백병원	031-683-9117	경기도 평택시 안중읍 서동대로 1931-21
포천	인화병원	031-514-9988	경기도 포천시 소흘읍 광릉수목원로 745
화성	메타메디병원	031-8003-5800	경기도 화성시 동탄원천로 338-7 동탄V프라자
화성	화성초록병원	031-352-0885	경기 화성시 양감면 사격장길 133-25
화성	새샘병원	031-307-7997	경기 화성시 떡전골로 112-13

시군구	기관명	전화번호	주소
거제	21C한일병원	055-634-0900	경상남도 거제시 사등면 지석로 70
고성	고성성심병원	055-673-8511	경상남도 고성군 회화면 남해안대로 3963-21 (회화면)
김해	동남병원	055-331-0454	경남 김해시 가야로 51번길 42
김해	한사랑병원	055-722-7000	경상남도 김해시 강동로 65
김해	조은금강병원	055-330-0300	경남 김해시 김해대로 1814-37
밀양	새한솔병원	055-356-0099	경상남도 밀양시 창밀로 3528 (내이동)
사천	사천동희병원	055-852-2250	경상남도 사천시 사천읍 구암두문로 74
사천	한마음병원	055-832-3311	경상남도 사천시 향촌 4길 127
양산	형주병원	055-375-7575	경남 양산시 상북면 양산대로 1870-64
양산	아람병원	055-364-0078	경남 양산시 덕계2길 11-15 아람병원
양산	덕계성심병원	055-365-7575	경남 양산시 월라2길 45번지 (덕계동)
양산	노아병원	055-912-0000	경상남도 양산시 상북면 수서로 349-17
의령	의령사랑병원	055-600-2000	경상남도 의령군 의령읍 의합대로 105-8
진주	진주정신병원	055-761-7582	경남 진주시 문산읍 제곡길98번길 49-6
진주	새진주정신병원	055-790-2221	경남 진주시 문산읍 제곡길 98번길 36
창녕	국립부곡병원	055-536-6440	경상남도 창녕군 부곡면 부곡로 145

창녕	부곡온천병원	055-536-4858	경상남도 창녕군 부곡면 원앙로 72
창원	연세사랑병원	055-540-7701	경상남도 창원시 진해구 행암로 76 (장천동)
창원	진동태봉병원	055-271-9500	경남 창원시 마산합포구 진동면 동전고개로 2
창원	동서병원	055-230-1800	경상남도 창원시 마산회원구 내서읍 호원로 265
창원	현대사랑병원	055-240-8000	경남 창원시 마산합포구 진북면 동삼길 314-25 현대사랑병원
창원	예경요양병원	055-249-5500	경남 창원시 마산합포구 중앙서 1길 11
통영	통영정신병원	055-640-1988	경남 통영시 남해안대로 1820
하동	하동우리들병원	055-883-7575	경상남도 하동군 금남면 섬진강대로 957
함안	우리병원	055-589-9800	경상남도 함안군 칠서면 삼칠로 1213
합천	합천고려병원	055-933-1006	경상남도 합천군 대양면 대야로 737-20 (대양면)

경상북도

시군구	기관명	전화번호	주소
경산	세명병원	053-819-8800	경상북도 경산시 경안로 208 (중방동)
경산	우리세명병원	053-819-9500	경북 경산시 화랑로 8길 26
경산	세명병원	053-819-8800	경상북도 경산시 경안로 208
경산	경산중앙병원	053-715-0100	경상북도 경산시 경안로 11

경주	안강중앙병원	054-763-8000	경상북도 경주시 안강읍 안강중앙로 150-3 (안강읍)
경주	동승병원	054-330-7700	경상북도 영천시 동강포길 87 (도남동)
구미	미래로병원	054-442-0046	경상북도 구미시 여헌로 30
김천	포항인성병원	054-245-7000	경상북도 포항시 북구 새천년대로 560
김천	신애정신병원	054-420-7100	경북 김천시 어모면 신애길
문경	문경제일병원	054-550-7700	경상북도 문경시 당교 3길 25
상주	상주제일병원	054-530-9000	경상북도 상주시 내서면 영남제일로 3659 (내서면)
성주	성주제일병원	054-933-0712	경상북도 성주군 성주읍 성주순환로 274 성주제일병원
안동	성심병원	054-843-7887	경상북도 안동시 정백이골길 36-15
안동	대성그린병원	054-821-7282	경상북도 안동시 임하면 고곡길 236
안동	용상안동병원	054-820-1111	경상북도 안동시 전거리길 57 (용상동)
안동	안동성소병원	054-857-2321	경북 안동시 서동문로 99
영주	영주삼봉병원	054-634-7600	경상북도 영주시 꽃동산로 43 (가흥동)
영주	새희망병원	054-639-8800	경북 영주시 반지미로 275-17번지 (가흥2동 1311 번지)
영천	마야병원	054-336-3311	경상북도 영천시 북안면 내서로 55-25 (북안면)
의성	제남병원	054-833-2036	경상북도 의성군 봉양면 도리원 2길 41
의성	해안1병원	054-834-6660	경상북도 의성군 의성읍 경북대로 5732

청도	청도메타병원	054-370-9900	경상북도 청도군 청도읍 고수산복길 198
청도	김천신경정신병원	054-432-5040	경상북도 김천시 아홉사리길 140-49 (응명동)
청송	청송진보병원	054-873-1111	경상북도 청송군 진보면 경동로 4003
칠곡	하나병원	054-373-0911	경상북도 청도군 청도읍 청도신기길 78-10 (청도읍)
칠곡	왜관병원	054-971-1002	경상북도 칠곡군 왜관읍 군청 2길 10
칠곡	산울림병원	054-976-2580	경상북도 칠곡군 왜관읍 금남 3길 99-1
칠곡	혜원성모병원	054-979-7114	경상북도 칠곡군 약목면 관호 7길 41 (약목면)
칠곡	칠곡시몬병원	054-976-0401	경북 칠곡군 왜관읍 금남 5길 62
포항	영남병원	054-727-7780	경상북도 포항시 북구 장량로 36 (장성동)
포항	새빛병원	054-741-2300	경상북도 경주시 원효로 93-1
포항	인성병원	054-230-7700	경상북도 포항시 북구 장량로 98-10
포항	포항의료원	054-247-0551	경북 포항시 북구 용흥로 36

광주

시군구	기관명	전화번호	주소
광산구	신창사랑병원	062-960-7500	광주광역시 광산구 풍영정길 147 (신창동)
광산구	광주시립정신병원	062-949-5200	광주광역시 광산구 삼도로 84-3 (삼거동)

광산구	광주첨단종합병원	062-601-8000	광주광역시 광산구 첨단중앙로 170번길 59
남구	광주제일병원	062-676-6700	광주광역시 남구 회재로 1299 (백운동, 광주제일병원)
남구	광주백병원	062-650-1000	광주광역시 남구 독립로 54번길 26 (백운동)
남구	새미래병원	062-670-3333	광주광역시 남구 구성로 114 (서동)
동구	광주소망병원	062-227-7775	광주광역시 동구 천변좌로 700 (용산동)
동구	청심병원	062-225-6007	광주광역시 동구 동산길 14-2 (운림동)
동구	기독정신건강병원	062-234-8575	광주 동구 화산로 225
북구	광주미래병원	062-260-2900	광주광역시 북구 두리봉길 59 (각화동)
북구	천주의성요한병원	062-510-3114	광주광역시 북구 태봉로 32 (유동 115-1)
북구	해피뷰병원	062-519-9000	광주 북구 경열로 216
서구	무지개병원	062-366-0600	광주광역시 서구 경열로 122
서구	다사랑병원	062-380-3800	광주광역시 서구 풍서우로 224 (벽진동 282-10번지)

대구

시군구	기관명	전화번호	주소
달서구	미주병원	053-629-8119	대구광역시 달서구 당산로 138
달서구	베스트병원	053-657-2000	대구광역시 달서구 달구벌대로 1690

달서구	서대구대동병원	053-662-1000	대구광역시 달서구 달구벌대로 1577
달서구	서안병원	053-656-8381	대구광역시 달서구 구마로 258
달서구	열경의료재단 허병원	053-527-0300	대구광역시 달서구 학산로 121 (본동)
달서구	위드병원	053-522-1275	대구광역시 달서구 명덕로 23 2층 (두류동)
달서구	한일유(U)병원	053-659-1100	대구광역시 달서구 장기로 100 (성당동)
달성군	대구정신병원	053-630-3000	대구광역시 달성군 화원읍 명천로 58
달성군	제이미주병원	053-592-7119	대구광역시 달성군 다사읍 달구벌대로 893
동구	열경의료재단 동부허병원	053-749-0000	대구광역시 동구 화랑로 81-81
동구	온빛병원	053-267-8000	대구광역시 동구 반야월북로 2길 16-1 (율암동)
동구	대동병원	053-663-1000	대구광역시 동구 화랑로 169
북구	M병원	053-359-3771	대구광역시 북구 팔달로 147 (노원동3가)
북구	배성병원	053-383-2700	대구광역시 북구 검단로 140
북구	성동병원	053-325-0009	대구광역시 북구 칠곡중앙대로 99길 21
서구	곽호순병원	053-572-7770	대구광역시 서구 통학로 31 (내당동)
수성구	수성중동병원	053-766-8700	대구광역시 수성구 수성로 268
수성구	동아메디병원	053-780-3000	대구광역시 수성구 지산로 77

시군구	기관명	전화번호	주소
대덕구	대전한일병원	042-620-8114	대전광역시 대덕구 대화1길 2 (대화동)
동구	동대전정신병원	042-272-8882	대전광역시 동구 옥천로 315 (삼정동)
서구	마인드병원	042-528-6550	대전광역시 서구 대덕대로 242번길 48 유니온빌딩
서구	한마음정신병원	042-582-9700	대전광역시 서구 삼보실길 123 (장안동)
유성구	신생병원	042-823-4401	대전광역시 유성구 진잠옛로 135번길 87 (학하동)
중구	마음편한병원	042-222-2921	대전광역시 중구 중교로 32 (대흥동)
중구	참다남병원	042-222-0122	대전광역시 중구 보문로 254 (대흥동)

시군구	기관명	전화번호	주소
금정구	동래병원	051-508-0011	부산광역시 금정구 체육공원로 608 (두구동)
금정구	온사랑병원	051-555-0808	부산광역시 금정구 서동로 197-1
금정구	마음향기병원	051-516-1220	부산 금정구 금샘로 56
남구	BH병원	051-633-6665	부산광역시 남구 수영로 165-165 (대연동)
남구	대연성모병원	051-621-2312	부산광역시 남구 황령대로353번길 66 (대연동)

남구	가나병원	051-624-6666	부산광역시 남구 유엔평화로 156 (용당동)
동구	더힐러스병원	051-715-1144	부산광역시 동구 범일동 범일로 112
동래구	상록병원	051-555-8009	부산 동래구 충렬대로 426 (안락동)
북구	아하브병원	051-333-8600	부산 북구 만덕고개길 84
사상구	길정의료재단 대남병원	051-324-2227	부산광역시 사상구 학감대로 39번길 116
사상구	길정의료재단 길정병원	051-320-6451	부산광역시 사상구 학감대로 39번길 120
사상구	부산시립정신병원	051-312-2288	부산광역시 사상구 학감대로 39번길 104-36 (학장동)
사상구	주례자연병원	051-324-1004	부산 사상구 학장로 325
사상구	우리병원	051-323-6613	부산 사상구 사상로 237
사하구	사상중앙병원	051-305-7001	부산 사상구 삼덕로5번길 85
사하구	부산정신병원	051-263-8892	부산 사하구 하신중앙로3번나길 10
사하구	다대자연병원	051-204-5004	부산 사하구 장평로 1
사하구	괴정병원	051-205-2611	부산 사하구 낙동대로 248
서구	예사랑병원	051-248-9000	부산광역시 서구 옥천로130번길 38 (아미동2가)
연제구	연산병원	051-866-5050	부산 연제구 배산북로 50
연제구	나눔과행복병원	051-507-7011	부산광역시 연제구 중앙대로 1239
해운대구	해운대자명병원	051-780-5566	부산 해운대구 해운대로 469번가길 75

시군구	기관명	전화번호	주소
강동구	중앙보훈병원	02-2225-1114	서울시 강동구 진황도로 61길 53
강서구	강서필병원	02-2608-8855	서울특별시 강서구 강서로17길 24 (화곡동)
광진구	국립정신건강센터	02-2204-0114	서울특별시 광진구 용마산로 127 (중곡동, 국립정신건강센터)
구로구	구로다나병원	02-2613-8001	서울특별시 구로구 개봉로 126 (개봉동, 구로다나병원빌딩)
금천구	성지병원	02-867-7056	서울특별시 금천구 가산로 122 (가산동)
도봉구	다나병원	02-942-8000	서울특별시 도봉구 해등로 129 (창동)
도봉구	베이직병원	02-990-2999	서울특별시 도봉구 삼양로 610 지하1층층 지상1,2,3,4호 (쌍문동, 산수디앤씨)
도봉구	성모샘병원	02-951-0552	서울특별시 도봉구 도봉로 683 5,6,7층 (방학동)
도봉구	가화실버한방병원	02-955-1772	서울 도봉구 도당로 51
동대문구	멘토스병원	02-2214-5100	서울특별시 동대문구 한천로 49 (답십리동)
동대문구	서울명병원	02-965-2800	서울특별시 동대문구 고산자로 421 (용두동)
동대문구	지혜병원	02-499-9955	서울특별시 동대문구 천호대로 421 (장안동)
송파구	송파미소병원	1661-9299	서울특별시 송파구 오금로 513 위례빌딩 (거여동)
영등포구	해상병원	02-844-6119	서울특별시 영등포구 신길로 173 (신길동)
은평구	은평병원	02-300-8114	서울특별시 은평구 백련산로 90 (응암동)
중랑구	녹색병원	02-490-2000	서울특별시 중랑구 사가정로 49길 53

시군구	기관명	전화번호	주소
연서면	은혜기독병원	044-868-5004	세종특별자치시 연서면 효교로 135-30

울산

시군구	기관명	전화번호	주소
남구	마더스병원	052-270-7000	울산광역시 남구 화합로 107 (달동)
남구	큰빛병원	052-272-2505	울산광역시 남구 문수로 457번길 5 (신정동)
울주	반구대병원	052-264-9225	울산광역시 울주군 두동면 천전각석길 11
울주	세광병원	055-381-8275	울산광역시 울주군 삼남면 반구대로 15
울주	울산기독병원	052-263-5111	울산광역시 울주군 두동면 남명리1길 34-49
울주	큰빛웅촌병원	052-225-0833	울산광역시 울주군 웅촌면 웅촌로 685
중구	사람이소중한병원	052-227-7511	울산광역시 중구 학성로 118

인천

시군구	기관명	전화번호	주소
강화군	해주병원	032-933-7114	인천광역시 강화군 하점면 창후로 286 (하점면)

계양구	다원병원	032-543-7114	인천광역시 계양구 장제로 857 (임학동)
계양구	보람병원	032-542-0114	인천 계양구 오조산로 11
계양구	삼정병원	032-543-7530	인천 계양구 장제로 800
남동구	새희망병원	032-431-2555	인천광역시 남동구 남동대로 922번길 54 (간석동, 새희망병원)
남동구	예인병원	032-426-1800	인천광역시 남동구 논고개로 71 가산타워 7~10층
남동구	영화병원	032-442-2020	인천광역시 남동구 소래역로 42 소래타워
남동구	인천정병원	032-424-7555	인천광역시 남동구 남동대로 931 (간석동) 캘럭시타워 6층
남동구	마음돌봄병원	032-761-7575	인천 남동구 논현로 40
미추홀구	원병원	032-547-7114	인천 미추홀구 인하로 372 남영빌딩
미추홀구	인천우리병원	032-715-5300	인천광역시 미추홀구 석바위로 53번길 8 (주안동)
미추홀구	지성병원	032-862-5544	인천광역시 미추홀구 아암대로 109
부평구	글로리병원	032-262-9000	인천광역시 부평구 길주로 655 1층~11층 (삼산동, 글로리타워)
부평구	인천바오로병원	032-525-7080	인천광역시 부평구 장제로 145 (부평동)
서구	은혜병원	032-562-5101	인천광역시 서구 심곡로 132번길 22 (심곡동)
서구	인천참사랑병원	032-571-9111	인천광역시 서구 원창로 240번길 9 (가정동)
서구	블레스병원	032-563-1175	인천광역시 서구 청마로 167번안길 17

시군구	기관명	전화번호	주소
곡성	곡성사랑병원	061-360-6000	전라남도 곡성군 곡성읍 곡성로 761
나주	밝은마음병원	061-331-9900	전라남도 나주시 남평읍 세남로 1566-3
나주	나주효사랑병원	061-330-1700	전라남도 나주시 금천면 영산로 5891-9
나주	국립나주병원	061-330-4114	전남 나주시 산포면 세남로 1328-31
담양	창평우리병원	061-380-7000	전라남도 담양군 대덕면 차동길 2-62
담양	참사랑병원	061-380-1004	전라남도 담양군 대덕면 용산로 369
목포	세안종합병원	061-260-6700	전남 목포시 고하대로 795-2
목포	목포중앙병원	061-280-3000	전남 목포시 영산로 623
무안	무안종합병원	061-450-3000	전남 무안군 무안읍 몽탄로 65
보성	삼호병원	061-859-5000	전라남도 보성군 벌교읍 남하로 12
순천	순천의료원	061-759-9114	전라남도 순천시 서문성터길 2
순천	순천은병원	061-752-8575	전라남도 순천시 낙안면 읍성로 302
영광	영광기독신하병원	061-350-7000	전라남도 영광군 영광읍 천년로 1351-15
영암	영암한국병원	061-470-7100	전라남도 영암군 영암읍 오리정길 8
장성	장성병원	061-390-9000	전라남도 장성군 장성읍 역전로 171
해남	해남혜민병원	061-534-8868	전라남도 해남군 옥천면 해남로 583-52

해남	해남우리병원	061-530-7000	전라남도 해남군 옥천면 해남로 597
화순	보은병원	061-370-3000	전남 화순군 도곡면 고인돌 1로 282-14
화순	화순고려병원	061-370-3700	전라남도 화순군 화순읍 충의로 109

전라북도

시군구	기관명	전화번호	주소
김제	미래병원	063-540-8800	전라북도 김제시 금구면 낙산 1길 74-1
김제	희망병원	063-540-8855	전라북도 김제시 금구면 낙산 1길 74-1
김제	신세계병원	063-545-8700	전라북도 김제시 금산면 구성 5길 84-15
남원	남원성일병원	063-634-8898	전라북도 남원시 사매면 춘향로 822-129
완주	한마음화산병원	063-260-1300	전라북도 완주군 화산면 운제로 100
완주	마음사랑병원	063-240-2100	전라북도 완주군 소양면 소양로 465-23
전주	허병원	063-254-5599	전라북도 전주시 덕진구 조경단로 103
정읍	참조은병원	063-538-9730	전라북도 정읍시 새암길 29-11 (수성동)
정읍	정읍사랑병원	063-530-3100	전라북도 정읍시 상동중앙로 94 (상동)

제주도

시군구	기관명	전화번호	주소
제주시	연강병원	064-726-7900	제주특별자치도 제주시 죽성서길 6 연강병원
제주시	탑동병원	064-754-1000	제주특별자치도 제주시 탑동로 26

충청남도

시군구	기관명	전화번호	주소
공주	국립공주병원	041-850-5700	충남 공주시 고분티로 623-21 국립공주병원
논산	백제종합병원	041-730-8888	충남 논산시 시민로 294번길 14
논산	성지하임병원	041-734-9100	충남 논산시 연산면 한전 2길 52
당진	합덕아산병원	041-363-2700	충청남도 당진시 합덕읍 합덕시장로 174-1 (합덕읍)
보령	보령엘피스병원	041-934-1522	충남 보령시 옥마로 277
부여	부여청담병원	041-833-2089	충남 부여군 부여읍 삼충로 648번길 41 부여청담병원
부여	부여다사랑병원	041-832-7261	충남 부여군 장암면 충절로 1713번길 16
서천	서천사랑병원	041-951-8114	충남 서천군 판교면 대백제로 2078
아산	아람메디컬병원	041-533-6119	충청남도 아산시 온천대로 1740번길 9
아산	열린성애병원	041-543-3580	충남 아산시 음봉면 음봉로 681번길 76

천안	충무사랑병원	041-551-3339	충청남도 천안시 서북구 성정공원 1길 9-4 호원빌딩 4
천안	혜강병원	041-555-8275	충청남도 천안시 동남구 대흥로 288 화정빌딩
천안	천안중앙병원	041-561-0245	충남 천안시 서북구 동서대로 129-16
천안	마음애병원	041-566-5119	충청남도 천안시 서북구 검은들 3길 60
홍성	홍성한국병원	041-634-2088	충남 홍성군 홍성읍 대내길 97
홍성	홍성의료원	041-630-6114	충남 홍성군 홍성읍 조양로 224

시군구	기관명	전화번호	주소
괴산	벧엘기독병원	043-833-6022	충북 괴산군 문광면 흑석 2길 20-148
보은	보은성모병원	043-542-3100	충청북도 보은군 보은읍 뱃들로 53
옥천	감람원병원	043-732-2070	충북 옥천군 청성면 청성로 654
음성	인곡자애병원	043-879-0301	충청북도 음성군 맹동면 꽃동네길 37
음성	음성소망병원	043-878-4111	충북 음성군 생극면 일생로 518번지
제천	제천병원	043-653-6119	충북 제천시 북부로 13길 94 (천남동)
청주	혜광의료재단 충북병원	043-260-8200	충청북도 청주시 서원구 현도면 우록 4길 151
청주	청주병원	043-220-1234	충청북도 청주시 상당구 상당로 163
청주	청주의료원	043-279-0114	충북 청주시 서원구 흥덕로 48
청주	주사랑병원	043-286-0692	충청북도 청주시 상당구 가덕면 보청대로 4673-61
충주	호암병원	043-852-3800	충청북도 충주시 예성로 16 (호암동)

나는 정신병원에 놀러간다

초판인쇄 2021년 9월 10일
초판발행 2021년 9월 10일

지은이 원광훈
펴낸이 채종준
기획·편집 유나
디자인 홍은표
마케팅 문선영·전예리

펴 낸 곳 한국학술정보(주)
주   소 경기도 파주시 회동길 230(문발동)
전   화 031-908-3181(대표)
팩   스 031-908-3189
홈페이지 http://ebook.kstudy.com
E-mail 출판사업부 publish@kstudy.com
등   록 제일산-115호(2000. 6. 19)

ISBN 979-11-6603-502-9 03810